NUEVO AMOR Y OTRAS POESÍAS

Lecturas Mexicanas divulga en ediciones de grandes tiradas y precio reducido, obras relevantes de las letras, la historia, la ciencia, las ideas y el arte de nuestro país.

SALVADOR NOVO

Nuevo amor

y otras poesías

Secretaría de Educación Pública
CULTURA SEP

Primera edición, Lecturas Mexicanas, 1984

D. R. © 1961, Fondo de Cultura Económica
Av. de la Universidad 975; 03100 México, D. F.

ISBN 968-16-1627-8

Impreso en México

I

POEMAS DE ADOLESCENCIA

[1918–1920]

A XAVIER VILLAURRUTIA

Por la cruz inicial de tu nombre, Xavier,
    y por la V de Vida que late en tu apellido,
yo columbro tus ansias humildes de no ser
y escucho el ritmo de tu corazón encendido.

Porque tu voz es sabia en callar y ceder
al claro simbolismo del rosal florecido;
porque en tus manos hay aroma de mujer
y en tu soñar angustia, y en tu ademán olvido.

Porque nuestras dos almas son como cielo y mar
profundas e inconscientes en su grave callar;
porque lloramos mucho y rezamos en vano,

y porque nos devora un ansia pecadora,
quiero decirte: ¡Sufre!, quiero decirte: ¡Llora!,
quiero decirte: ¡Ama!, quiero decirte: ¡Hermano!

ORACIÓN

Señor, yo sé que es vano cultivar en otoño;
    que ya es inútil esperar;
que yo pude ser otro y que el reloj no vuelve
    atrás...

Señor, yo sé que es tarde. Que mi vida termina
    cuando debiera comenzar;
que estoy equivocado, que debo ser un hombre
    y un niño soy no más...
Señor, mi labio estéril no comprendió las mieles
    del exterior panal
y ¡en mi pupila absorta fueron los arco iris
    sal...!

Señor, no soy un hombre. Adivino el sollozo
    del insensible mar
y presiento la mano sangrienta que deshoja
    la pena del rosal...

Yo quisiera ser fuerte. Que mi ruta precisa
    nada pudiese conturbar
y no escuchar al árbol, ni al astro, ni a la brisa,
    ni al celaje, ni al mar...

Pero en la tarde unánime mi corazón rebosa
    un ansia de llorar,
Señor, y sé que es tarde, y que el reloj no vuelve
    atrás...

LA CAMPANA

A Ramón López Velarde

La torre de vetustos azulejos
que es piadoso refugio de palomas,
conserva su campana. Allá a lo lejos
ondulan las espigas y las pomas.

Bronce enmohecido que en precoz anhelo
celebraba la vida en largas notas
y cuyo corazón enviaba al cielo
brillos de sol en páginas remotas.

Absurdo el llanto y justa la sonrisa,
aunaste luego heterogéneas preces,
y tras siglos y siglos hoy sumisa
escuchas y comprendes y enmudeces.

¡Vieja campana que a sentir congrega
la inefable virtud de haber vivido!
¡Que de mirar al Sol quedóse ciega
y de escuchar al viento ha enmudecido!

LLEVO EL ALMA...

Llevo el alma ligeramente, como una niña
que nada profundiza y de todo se asombra;
del sol que exprime el oro de su póstuma viña;
de aquel celaje súbito que se llena de sombra.

Voy ajeno a mí mismo. Un anhelo jocundo
de difundirme en todo; un ansia de cantar
me hace escuchar la música unánime del mundo
y comprender que soy una gota en el mar.

Una sed de horizonte se sacia en mis pestañas,
un vesperal aliento viene mi frente a ungir...
¡Sí, a veces me parece, corazón, que te engañas,
y que es preciso y bueno que queramos vivir!

LA TÍA...

A Luis G. Serrano

Van en la tarde quieta la anciana y la pequeña
al cine cotidiano con que la niña sueña.

Hay películas cómicas de burla contagiosa
y largas cintas hondas de convulso ademán;
y conmueve la niña todo su cuerpo rosa
mientras lloran dos ojos que ya poco verán.

¡Oh, la anciana que tuvo un exclusivo amor
en los brazos sin mancha y abiertos del Señor!

De pronto, en una escena, hay erótico exceso,
y en las secas mejillas un púdico rubor,
porque la niña gusta de que se den un beso,
y ella se signa y dice: "¡Perdónanos, Señor!"

ANHELO

A Jaime Torres Bodet

¡Quién tuviera, Señor, el poema conciso
y el adjetivo exacto para cada emoción!
¡Quién expresara el noble sentimiento remiso
como joya cerrada dentro del corazón!

Sin ver el oropel de la estrofa banal,
¡quién pudiera decir en el verso mejor
ese anhelo de algo profundo y ancestral
que palpita en el mundo de mi vida interior!

Y ¡quién me diera dar todo mi corazón
en la breve armonía de un íntimo renglón!

POEMA COBARDE

A Xavier Villaurrutia

¡Que me vuelvan mi escuela de primitivos bancos
y maestros benévolos, y mi casa y mi huerto,
esa casa en que había un corazón abierto
en el portal ingenuo y en los recintos blancos!

¡Que me vuelvan mis noches tibias y campesinas
de luna incomparada y frescuras remotas!,
¡esas noches vividas con quietudes ignotas
con alma sin pasado, con ternuras divinas!

Hay que quemar los libros; hay que dar a la vida
un brebaje de olvido y un brebaje de amor;
reclinarse en el hombro de una ilusión perdida,
despertar de esta brusca pesadilla dolida,

Y ver la aurora rústica de una vida mejor...

NOCHE

Cabe las paredes los
grillos canturreando están.
Y unidos del brazo, van

           dos...

El foco —es tarde— bosteza.
Cierran una puerta, y se
ve dentro una vieja que

           reza...

A la Luna el ojo subo:
parece una rosa té
que lanzada se

           detuvo...

Los balcones tienen una
luz roja por dentro, y
al mirarlos pienso en mi

           fortuna...

Pienso en amantes cariñosos...
Pasa un tranvía a lo lejos...
Dormidos, suspiran viejos

           y niños...

Una estrella a la otra ve
y va a contarle una cosa.
Y sigue inmóvil la rosa

           té...

ESTA...

Esta que tiene un leve andar
y unos ojos color de mar;
esta que tiene unas guedejas
de raras tintas bermejas;
esta que tiene ojos de mar,
no sabe amar, no sabe amar.

Esta de cutis depilado
de leche y sangre, o de salmón;
esta de pelo enmarañado
tiene helado,
tiene helado el corazón.

Llamas de amor son sus guedejas...

Mas para apagar ese fuego,
esta de andar ondulado
tiene luego,
tras las cavernas de sus cejas,
de sus pupilas todo el mar...
Y tiene el mármol de su cara,
y si todo eso no bastara,
tras de los senos en botón,
esta que tiene un leve andar
tiene de hielo el corazón...

LA PARÁBOLA DEL HERMANO

*Montrez lui la lampe éteinte
et la porte ouverte...*

Se diluye el camino en la sombra desierta.
Yo he encendido mi lámpara y he cerrado mi puerta.

Sobre mi chimenea, su silbido agorero
cuela el viento. Estremécense los cristales. Yo espero

a un hermano que ha mucho me prometió venir
y temo... que en la noche él se pueda morir...

Se diluye el camino en la sombra desierta,
Yo he encendido mi lámpara y he cerrado mi puerta.

Tras el cristal que tiembla, interrogo al recodo.
La borrasca flagela con látigos de lodo...

Tal vez mi hermano, oculto en la órbita huera
del monte que semeja una gran calavera,

espera el nuevo Sol para venir conmigo...
Se apagará mi lámpara... su resplandor amigo

convertirá la noche en ceniza de llama
y se abrirá mi puerta... La tormenta que brama

me arrojará una piedra... Y cuando el Sol despierte
a mi hermano y prosiga su camino, la muerte

me habrá quizá cubierto con su polvo. Y mi hermano
pasará sobre mí... y buscándome en vano
irá a morirse solo en un país lejano...

EL RETORNO

Vieja alameda triste en que el árbol medita,
en que la nube azul contagia su quebranto
y en que el rosal se inclina al viento que dormita:
te traigo mi dolor y te ofrezco mi llanto.

He vuelto. Soy el mismo. La misma sed me aqueja
y embelesa mi oído idéntica canción,
y soy aquel que ama el minuto que deja
un poco más de llanto dentro del corazón.

He vuelto. A tu silencio otoñal, he buscado
vanamente mis huellas entre todas las huellas,
y mi ilusión es una hoja muerta de aquellas
que estremecía el viento y que el sol ha dorado.

... Y mientras quiero acaso recomenzar la senda
y un mal irremediable consume los destellos
del sol, vieja alameda, y te guardo mi ofrenda,
tú contemplas mis ojos y miras mis cabellos.

OFRENDA

HOMENAJE A LOS NIÑOS HÉROES

Han brotado las lágrimas de oro de la tarde
sobre el pavor exánime de los árboles yertos.
Vibra sobre las cosas un deber de añorar, de
suspirar al pasado y llorar por los muertos.

Vaga el largo lamento del instante perdido
y en el aire un solemne aroma de leyenda
resucita el furor del tronco retorcido
en la blanca serpiente dormida de la senda.

Y hay dentro de nosotros esa lucha fatal
entre la grata ofrenda de amor a nuestros idos
y el sórdido rencor para el rubio invasor,

y alzamos hacia el cielo nuestro ruego ancestral,
y al dejar nuestro beso por los aires dormidos,
sentimos que han pasado almas en derredor...

CORAZÓN

Corazón, corazón, preciso es que definas
para tu reflexión un horizonte justo;
y que tu Sol acabe tras aquellas colinas,
y que oprimas tu lloro bajo este árbol adusto.

Corazón, y es preciso que tu lámpara inútil
ceda al reminiscente aroma de la brisa,
y que te den las sombras su claror inconsútil,
que te brinde aquel astro su lejana sonrisa,

y que te den las rocas del abra inexplorada
que no miraste nunca, su clamor taciturno,
y que tú lo interpretes y adunes la alborada
con la blanca caricia del silencio nocturno.

Y que como los oros que otoño rectifica
mueran entre las ondas tus exteriores ansias
y que tu tronco guarde la semilla que indica
una fecunda y noble sucesión de fragancias.

MI VIDA ES COMO UN LAGO

Mi vida es como un lago taciturno.
Si una nube lejana me saluda,
si hay un ave que canta, si una muda
y recóndita brisa
inmola el desaliento de las rosas,
si hay un rubor de sangre en la imprecisa
hora crepuscular,
yo me conturbo y tiendo mi sonrisa.

¡Mi vida es como un lago taciturno!
Yo he sabido formar, gota por gota,
mi fondo azul de ver el Universo.
Cada nuevo rumor me dio su nota,
cada matiz diverso
me dio su ritmo y me enseñó su verso.
Mi vida es como un lago taciturno...

VIAJE

Cajita de música,
do, re, fa, mi, re, do,
aún está fresca la pintura.

Quise abrazar ese molino,
re, mi, fa, sol...,
y el tren huyó.

Una zagala hace lo mismo
que sus ovejas y su árbol,
mi, fa, re, re, do,
porque todos son de corcho.

Y sin embargo
algún viento,
¡algún viento!
ha irritado el cristal opaco
de mis ventanillas,
re, mi, la, fa...

PAISAJE

Los montes se han echado
a rumiar junto a los caminos.
(Las hormigas
saben trazar ciudades.)
Las avispas blancas,
cuando el panal
nos acerca la primavera,
hincan el aguijón de su lluvia
y zumban.
Y la piel de la tierra morena
se irrita en trigo
y se rasca con sus arados.

MAPAS

Se vertió el tintero
en el heliográfico pliego.
Acaso disgustárase
el ingeniero...

¡Oh, las manchas irregulares
y la tinta de mala clase!
Como nadie lo ha remediado
ha criado lama.
¡Oh, los hombres!

LA AMADA ÚNICA

A Fernando Robert

¡Amada mía! Nombre divergente
como un chorro de sol en las vernales
esmeraldas de mis reminiscencias!

Todavía mi selva se estremece
al auscultar la férvida raigambre
con que me hiciste tuyo,
¡pequeño, útil y fértil!

¿Qué misterioso viaje
te indujo a mi calor? Yo florecía
en el múltiple aroma de un estío
fugaz, efímero y superficial.

Mas una vez llegaste. Un pájaro decía
en la tarde azul de su quebranto
y adiviné en tus ojos el oro de otro día
y en tu mudez un nuevo y misterioso canto.

¡Ya sólo para ti corre mi savia
y he enredado a tus pies mi negro orgullo
y soy pulpa en la poma óptima de tus ramas
y me asomo a las hojas de tus ojos!

¡Amada mía! ¡Gózome
en sufrir el castigo de tus anclas
y en quemar a tus pies mirra de rosas muertas
y en aguardar el fruto de tu boca!
¿Miras otros crepúsculos? ¡Ay de mí, que no puedo
sino mirar tus ojos, y en tus ojos
un bosque misterioso
lleno de antigua fuerza y de nuevas sonrisas!

Alguna vez un ave angular y nocturna
vino a robar la miel intacta de tu fruto;
en ese fruto iba tu savia
y sangre de mi propio corazón...

Amada mía!
                Yo soy tierra y sed
y aunque nazcan en mí rosas fugaces
sólo a ti te consagro la humildad de mi orgullo
y ¡sólo el fruto sápido de tus labios deseo!

II

XX POEMAS

[1925]

VIAJE

Los nopales nos sacan la lengua;
  pero los maizales por estaturas
—con su copetito mal rapado
y su cuaderno debajo del brazo—
nos saludan con sus mangas rotas.

Las magueyes hacen gimnasia sueca
de quinientos en fondo
y el sol —policía secreto—
(tira la piedra y esconde la mano)
denuncia nuestra fuga ridícula
en la linterna mágica del prado.

A la noche nos vengaremos
encendiendo nuestros faroles
y echando por tierra los bosques.

Alguno que otro árbol
quiere dar clase de filología.
Las nubes, inspectoras de monumentos,
sacuden las maquetas de los montes.

¿Quién quiere jugar tennis con nopales y tunas
sobre la red de los telégrafos?
Tomaremos más tarde un baño ruso
en el jacal perdido de la sierra:
nos bastará un duchazo de arco iris,
nos secaremos con algún stratus.

LA RENOVACIÓN IMPOSIBLE

Todo, poeta, todo —el libro,
ese ataúd— ¡al cesto!
y las palabras, esas
dictadoras.

Tú sabes lo que no consignan
la palabra ni el ataúd.

La luna, la estrella, la flor
¡al cesto! Con dos dedos...
¡El corazón! Hoy todo el mundo
lo tiene...

Y luego el espejo hiperbólico
y los ojos, ¡todo, poeta!
¡al cesto!
         Mas ¿el cesto...?

MOMENTO MUSICAL

El pedacito de madera
con tanto aserrarlo ¿no se romperá?
Algo quiere matar a palos
el desalmado
pero los relojes no avanzan.

Nuestros dos ojos van a él
y él va a nuestros dos oídos.
Un sordo y un ciego
tendrían una polémica.

¡El pobre señor escribe
en una máquina noisy
Steinway!

Ahora tú
toma ruido
aunque sea con las manos
y míranos y óyenos.
¡Diente por ojo!

CHARCOS

Ha descendido el cielo
por los ferrocarriles de la lluvia.
Contemplación. Egoaltruismo.
Cristianismo. Narciso.

¡Y vosotros, oh torres, oh árboles
que aulláis al sol!
Hoy podéis llegar hasta el cielo
y sorberlo
con vuestras polvorientas
lenguas lentas.

Pero una piedra
(¡oh Einstein!)
hizo volar mil murciélagos
de la Torre de Babel.

CINE

A Antonio Dodero

Amiga inmotivada del cine
cuyos objetos de mano
fueron culpables de nuestra amistad
—como en la literatura castellana—
porque cayeron junto a mí.

Añadiste tu ciencia
al dolor de mi eclesiastés
y mientras archivaba tus palabras
la orquesta penetró mis recuerdos
una familia entraba a tientas
donde tú y yo veíamos y leíamos
"I'ts a Paramout Picture"
el ventilador tragaba suspiros
para probar el disco de Newton
y la *palissade* de Campoamor.
Hay paletas, chicles, chocolates;
pero a ti te excita
que los que se aman sufran
de modo tan poco jurídico.

Asistimos al cine
como quien no sabe el papel
y va a verlo ensayar por profesores.

El director sabe siempre
cómo acabarán las cosas
y nosotros deberíamos ya saberlo.

Mientras llega el fin
y podemos irnos a casa
lloremos

tengamos ojos ávidos
manos crispadas
o sonrisas.
Todo eso ayuda para el cine.

SOL

Este muchacho sol
—¡ni parece aún ciudadano!—
madruga
la escuela no le importa
y echa la vieja Inés.

Apenas en Invierno
usa camisetas de lana
y se queda un poco en el lecho.

Lo más del tiempo
en un día atraviesa la ciudad.
(Esa erupción en su cara, sabios,
es juventud.)

Y ya que llega al sucio lecho
llena las sábanas de sangre
como las chicas
(pero su hemorragia es nasal).

ALMANAQUE

I

Tenemos doce lugares
para pasar las estaciones:
el verano se puede pasar en Junio
el Otoño se debe pasar en Octubre.

El tiempo nos conduce
por sus casas de cuatro pisos
con siete piezas. Sala, dos recámaras,
comedor, patio, cocina
y cuarto de baño.
Cada día cierra una puerta
que no volveremos a ver
y abre otra sorprendente ventana.

El aire derribó
dos cuartos del último piso
de Febrero.

El aire se serena
y seguimos buscando casa.

II

La guadaña del minutero
hizo centro de su compás
en el centro de nuestro vientre.
Para los buzones de la vida
necesitábamos certificado.

Address your mail to street and number.
Y estamos en la poste restante

sin hallar en diciembre ni en marzo
la plegadera de una sonrisa.

¡Nuestro ombligo
va a ser para los filatelistas!
y seremos devueltos al remitente
ajados, con cicatrices
y llenos de noticias atrasadas...

CEMENTERIO

El hombre que inventó los ángulos
en su propio laberinto
fatiga sus pasos.

¡Horizonte, curva, dos puntos
y el camino más corto!

Pero siempre dos puntos
y una distancia.

¡Si naufragásemos! Andamos
como Jesús sobre las aguas
y asoman mástiles
de los que ya se hundieron
en este mar.

PUEBLO

Las amplificaciones
bajo los bajos muros
presentan el pasado
en las facciones.

Aunque el tren cirujano
hace a diario
transfusión de glóbulos blancos,
no es más que un cigarrillo
en un prado
y las calles
van a dar todas a la iglesia.

Un disco negro
rubrica la ciudad
en nuestro cerebro.
Y la estatua de la Libertad
abre la carta de mi cama.

PRIMERA CANA

Primera cana
súbita
has sido como un saludo frío
de la que se ama más.

Pronto te me perdiste en el tumulto
no te he vuelto a encontrar,
pero te busco
indiferentemente
como se busca la casualidad.

No he de ocultarte a nadie
todo el mundo pasará junto a mí
sin sospecharte, absurda.
Sólo yo he de saber de ese tesoro.

Ahora escribiré algunas cosas humoristas;
te me olvidarás en tanto
saludo a numerosas personas
y si el peluquero te descubre
me explicará científicamente tu presencia
y me recetará una loción.

Será el único que te sepa
pero lo callará por discreto y descreído
y serás así en mí como un pensamiento
en medio de numerosa concurrencia.

Dentro de veinte años
te habrás perdido por el mundo
pero entonces ya será natural
que no se te encuentre
a la edad adecuada, entre las otras.

NAUFRAGIO

A Carlos Pellicer

¡Que me ímpregne
el vendaval de las horas!
Huyo de los hongos cúpulas
paraguas paracaídas y caídos.

¡Viento, lluvia, azótame,
amásame un alma olorosa
agua que fuiste cenagosa
y te purificaste
en los azules tendederos!

Sepúltame contigo
no esperes de mí un impulso,
he sido siempre solamente un cajón
con un espejo y vidrios de colores.

¡Corramos a la lluvia!
Nunca ha estado tan orquestada,
es el Placer-que-Dura-un-Instante
y además ya inventaron los pararrayos.

Esta ola de viento
sabe a torsos y a hombros desnudos
y a labios y huele a miradas.

Mar, mar adentro
y luego húndeme y desgájame,
no quiero nunca guardar nada más.

Romperé mis anteojos verdes
y el sol bailará para mí
como un niño idiota que busca
el juguete que naufragó.

ARITMÉTICA

Yo busco los árboles cómodos
y aguardo. Sé percibir
los segundos, mas sin contarlos.
—¿Hay más números?— Uno es
uno mismo y uno único.

Ellos vienen atrás apenas
o abajo —¿hay lugares?—
Y contemplan cada color
y se asombran de sus sentidos.
¡Yo fui tan aprisa que tuve
la luz!
Mas hoy sé que hay tan sólo siete
colores y cinco sentidos. . .

Y sé que el sol, la noche, el alba. . .
El sol juega a esconderse. Oigo
el eco de su grito impúber
(la luna llega tras el sol).

CIUDAD

Carretes de hilo
para enhebrar la sed infinita
sobre los techos.

Huecos en la carne
de los edificios
para el dolor de adivinar el aire remoto.

El suelo se pega a nuestros pies
aunque ascendamos
como se aspira
para expirar.

Broches de sol absurdo
en la pared
como en estantes hay
vida en hojas interrumpidas.

NOCHE

Obrero:
no es que yo sea socialista;
pero tú has pasado el día entero
cuidando una máquina
inventada por americanos
para cubrir necesidades
inventadas por americanos.

Yo he oído
datos que no me conciernen
y que, de aprender, me harían
comprensivo, social, explícito
y Doctor en Filosofía.

Tengo el cerebro o lo que sea
lleno de polilla de cráneos.

Ahora ambos hemos aspirado
la cantárida negra del silencio.

La circulación de las horas
ha culminado en tromba
y nos hemos puesto impermeables.

Por diversos caminos
los dos llamamos a la misma puerta.

Tres autos esperan a tres generales
un vaho de pianola
nos salpica cabeza,
tronco y extremidades.
¡Esa chica no trae medias!

Aquella Lady Windermere
medita las premisas
de tus pies y tus manos
para un sorites longitudinal.

Tu novia y la mía
harán encajes y proyectos.
Todos duermen, pero
Voici ma douce amie
si méprisée ici car elle est sage
and numerical and temperamental.

Adiós, amigo, éxito
con Lady Gordiva.
Por mí, *Vive la France*
aunque mi amiga
no pueda ahora, materialmente,
agradecer el *compliment.*

RESÚMENES

I

Mis libros
tienen en sí las épocas
en que los leí.
La Légende des siècles, tres semanas
en cama, sal de frutas y termómetros.

Para las vacaciones en el campo
—nunca églogas ni geórgicas—
Sherlock Holmes y Rollinat
y en las antesalas del médico
Monsieur Bergeret à Paris.
Y odio abrirlos, porque creo
en la resurrección de la carne.

¡Nathanael, Nathanael,
Harald Höffding
tiene la culpa de estas cosas!

Cuando resurrezcamos
—yo tengo pensado hacerlo—
entre nosotros y este siglo
habrá una asociación de ideas
a pesar de nuestro formato.

II

Desde mi rincón
ahora que he volteado la cara
veo tres ángulos.

Infantil problema
Divina Providencia
cada gato ve tres gatos
y no son sino, bien visto,
cuatro puntos de fósforo en resumen.

Un hijo, un libro, un árbol
y un solo corazón verdadero.
Antaño yo era joven
y no sabía la regla de tres.

HANON

Como un índice
vago por el teclado de los días
y cada siete veces una vez
exclama el corazón un do de pecho.

Las noches siempre son más altas
y un bemol no reconocible.
¡Esconderse entre dos altas noches
y la raíz de un sol!

Envidia
de los que tienen manos ágiles
para el recuerdo y la esperanza
porque de ellos es la sonata.
La libertad de imprenta
—oh cabezas *numerotées*—
os da el derecho de creerlo.
Sólo yo sé
por mi método cartesiano
—el mejor método de piano—
que cada siete veces es domingo
hasta en Haití y hasta en Santo Domingo.

Y que cada mañana la ciudad
rumia el chicle solar en sus paredes
y lo hace dúctil sobre las personas
que, como yo, no son más que un índice
y han recorrido ya todo el teclado.

EL MAR

Post natal total inmersión
para la ahijada de Colón
con un tobillo en Patagonia
y un masajista en Nueva York.
(Su apendicitis
abrió el canal de Panamá).

Caballeriza para el mar continentófago
doncellez del agua playera
frente a la luna llena.
Cangrejos y tortugas
para los ejemplares moralistas;
langostas para los gastrónomos.
Santa Elena de Poseidón
y garage de las sirenas.

¡Hígado de bacalao
calamares de su tinta!
Ejemplo de la Biología
en que los peces grandes
no tienen más que bostezar
y dejar que los chicos vengan a sí.
(Al muy prepotente Guillermo el segundo
en la vieja guerra torpedo alemán.)

¡Oh mar, cuando no había
este lamentable progreso
y eran entre tus dedos los asirios
viruta de carpintería
y la cólera griega
te hacía fustigar con alfileres!
En tu piel la llaga romana
termocauterizó Cartago.
¡Cirugía de Arquímedes!

Baños, baños
por la Física y a los romanos.

Europa, raptada de toros,
buscaba caminos.
Tierra insuficiente,
problema para Galileo,
Newton, los fisiócratas
y los agraristas.

¿No te estremeces al recuerdo
de las tres carabelas magas
que patinaron mudamente
la arena azul de tu desierto?

Nao de China
cofre de sándalo
hoy los perfumes
son de *Guerlain* o de *Coty*
y el té es *Lipton's*.
Mar, viejecito, ya no juegas
a los naufragios con Eolo
desde que hay aire líquido
Agua y aire gratis.

Las velas
hoy son banderas de colores
y los transatlánticos
planchan tu superficie
y separan a fuerza tus cabellos.

Los buzos
te ponen inyecciones intravenosas
y los submarinos
hurtan el privilegio de Jonás.

Hasta el sol
se ha vuelto capataz de tu trabajo
y todo el día derrite
tu vergüenza y tu agotamiento.
Las gaviotas contrabandistas
son espías o son aeroplanos
y si el buque se hunde
—sin que tú intervengas—
todo el mundo se salva en andaderas...

¡Oh mar, ya que no puedes
hacer un sindicato de océanos
ni usar la huelga general,
arma los batallones de tus peces espadas,
vierte veneno en el salmón
y que tus peces sierras
incomuniquen los cables
y regálale a Nueva York
un tiburón de Troya
lleno de tus incógnitas venganzas!

Haz un diluvio Universal
que sepulte al monte Ararat,
y que tus sardinas futuras
coman cerebros fósiles
y corazones paleontológicos.

HIMNO DEL DOLOR CONVERGENTE

Corto circuito
en mi vital instalación.
Mi presente es el presente,
mas mi pasado era diverso
del pasado del mundo.

Ángulo agudo
mi vida dividía el mar
y dos pasados la impelían.

¡Ay, ay, ay, ay!
La hipotenusa del pasado
no resistió la tirantez
y atornilló su latigazo
en mi cateto vertebral.
Sagesse!
No hacer ángulos con la vida;
las heridas abren así.

Es necesario viajar en Tranvía,
cultivar el sentido de lo paralelo
y no tropezar con nadie nunca.

Ya veis que no hay refacciones
para lo que no está *Made in U. S. A.*
y, aunque no lo parezca,
hay que esperar
la lluvia
el sol
el viento
y la amistad de un árbol diabético.

Sentir en los oídos
el caracol del corazón.

Los eruditos amigos se esfuman
tras una tela de salud.

¡Y ahogar la rabia y la esperanza
y el impulso y la introspección,
como cosas de San Agustín,
Eurípides y Sara Bernhardt!

TEMPRANO

Flota en el cielo acuo
espuma blanca de jabón.
La ciudad se seca los rostros
con deshilados de neblina
y abre los párpados de acero.

Es extraordinariamente temprano
pero me repugnaba el sueño
como un cuerpo no amado y poseído.

Ciudad nublada y fría,
yo no había sospechado
este cambio de ambiente y personajes.

El alma tiene prisa de viajero
como si fuera a despedir
a su pasado a la estación.
Los trenes son exactos en partir.

La noche se ha borrado de todos los ojos
un pequeño deber fija los rostros
aprender, enseñar, trabajar...
han muerto el tacto y el sabor
parece que hasta tengo corazón.

¡Ay, la mañana!, por qué
ahogarla en el primer cigarrillo?

DILUVIO

Espaciosa sala de baile
alma y cerebro
dos orquestas, dos,
baile de trajes
las palabras iban entrando
las vocales daban el brazo a las consonantes.
Señoritas acompañadas de caballeros
y tenían trajes de la Edad Media
y de muchísimo antes
y ladrillos cuneiformes
papiros, tablas,
gama, delta, ómicron,
peplos, vestes, togas, armaduras,
y las pieles bárbaras sobre las pieles ásperas
y el gran manto morado de la cuaresma
y el color de infierno de la vestidura de Dante
y todo el alfalfar Castellano,
las pelucas de muchas Julietas rubias
las cabezas de Iokanaanes y Marías Antonietas
sin corazón ni vientre
y el Príncipe Esplendor
vestido con briznas de brisa
y una princesa monosilábica
que no era ciertamente Madame Butterfly
y un negro elástico de goma
con ojos blancos como incrustaciones de marfil.
Danzaban todos en mí
cogidos de las manos frías
en un antiguo perfume apagado
tenían todos trajes diversos
y distintas fechas
y hablaban lenguas diferentes.

Y yo lloré inconsolablemente
porque en mi gran sala de baile
estaban todas las vidas
de todos los rumbos
bailando la danza de todos los siglos
y era sin embargo tan triste
esa mascarada!
Entonces prendí fuego a mi corazón
y las vocales y las consonantes
flamearon un segundo su penacho
y era lástima ver el turbante del gran Visir
tronar los rubíes como castañas
y aquellos preciosos trajes Watteau
y todo el estrado Queen Victoria
de damas con altos peinados.
También debo decir
que se incendiaron todas las monjas
B.C. y C.O.D.
y que muchos héroes esperaron
estoicamente la muerte
y otros bebían sus sortijas envenenadas.
Y duró mucho el incendio
mas vi al fin en mi corazón únicamente
el confetti de todas las cenizas
y al removerlo
encontré
una criatura sin nombre
enteramente, enteramente desnuda,
sin edad, muda, eterna,
y ¡oh! Nunca, nunca sabrá que existen las parras
y las manzanas se han transladado a California
y ella no sabrá nunca que hay trenes!

Se ha clausurado mi Sala de Baile
mi corazón no tiene ya la música de todas las playas
de hoy más tendrá el silencio de todos los siglos.

III
ESPEJO

[1933]

RETRATO DE NIÑO

En este retrato
        hay un niño mirándome con ojos grandes;
este niño soy yo
y hay la fecha: 1906.

Es la primera vez que me miré atentamente.
Por supuesto que yo hubiera querido
que ese niño hubiera sido más serio,
con esa mano más serena,
con esa sonrisa más fotográfica.

Esta retrospección no remedia, empero,
lo que el fotógrafo, el cumpleaños,
mi mamá, yo y hasta tal vez la fisiología
dimos por resultado en 1906.

LA GEOGRAFÍA

Con estos cubos de colores
yo puedo construir un altar y una casa,
y una torre y un túnel,
y puedo luego derribarlos.
Pero en la escuela
querrán que yo haga un mapa con un lápiz,
querrán que yo trace el mundo
y el mundo me da miedo.

Dios creó el mundo
yo sólo puedo
construir un altar y una casa.

LA HISTORIA

¡Mueran los gachupines!
Mi padre es gachupín,
el profesor me mira con odio
y nos cuenta la Guerra de Independencia
y cómo los españoles eran malos y crueles
con los indios —él es indio—,
y todos los muchachos gritan que mueran los gachupines.

Pero yo me rebelo
y pienso que son muy estúpidos:
Eso dice la historia
pero ¿cómo lo vamos a saber nosotros?

EPIFANIA

Un domingo
Epifania no volvió más a la casa.

Yo sorprendí conversaciones
en que contaban que un hombre se la había robado
y luego, interrogando a las criadas,
averigüé que se la había llevado a un cuarto.
No supe nunca dónde estaba ese cuarto
pero lo imaginé, frío, sin muebles,
con el piso de tierra húmeda
y una sola puerta a la calle.
Cuando yo pensaba en ese cuarto
no veía a nadie en él.
Epifania volvió una tarde
y yo la perseguí por el jardín
rogándole que me dijera qué le había hecho el hombre
porque mi cuarto estaba vacío
como una caja sin sorpresas.
Epifania reía y corría
y al fin abrió la puerta
y dejó que la calle entrara en el jardín.

PRIMERA COMUNIÓN

Había cometido tan pocos pecados
que no creía merecer comulgar.
Diez Mandamientos eran demasiado mucho que infringir
para quien apenas tenía diez años.

En las tardes, las muchachas
querían ver a sus novios por el balcón
y me dejaban a hacer sus tareas de dibujo
para cumplir con sus obligaciones simultáneas.

Esto era servicio
y era a la vez engaño.
Pero nunca lo confesé.

BOTÁNICA

Todas las plantas se marchitan a mi contacto.
Cuando juego con barro y construyo ríos,
arranco ramas de los árboles,
las adorno de flores
y planto un huerto en el arbitrario camino.

Sigue el agua su cauce por mi mano,
la llanura es perfecta con el monte y la estrella
pero mis árboles
doblan sus ramas.

Yo he mojado mis dedos en su sangre,
he visto cómo crecen,
cómo tienden los brazos y escalan las paredes
o bien surgen de sí mismas como grandes atletas firmes.

Se ofrecen a sí mismas el decoro
de una campana azul, frágil y breve,
o el fruto inaccesible y perfumado
de que nacen de nuevo a la dulzura.

Pero sólo la tierra y el tiempo
y el sol y la lluvia
obran que su sangre no muera en mis manos
cuando juego con ellos al río,
al camino, al monte y al huerto.

LAS CIUDADES

En México, en Chihuahua,
en Jiménez, en Parral, en Madera,
en Torreón,
los inviernos helados y las mañanas claras,
las casas de la gente,
los grandes edificios en que no vive nadie
'o los teatros a los que acuden y se sientan
o la iglesia donde se arrodillan
y los animales que se han habituado a la gente
y el río que pasa cerca del pueblo
y que se vuelve turbulento con la lluvia de anoche
o el pantano en que se crían las ranas
y el jardín en que se abren las maravillas
todas las tardes, a las cinco, cerca del quiosco
y el mercado lleno de legumbres y cestas
y el ritmo de los días y el domingo
y la estación del ferrocarril
que a diario deposita y arranca gentes nuevas
en las cuentas de su rosario
y la noche medrosa
y los ojos de Santa Lucía
en el quitasol de la sombra
y la familia siempre
y el padre que trabaja y regresa
y la hora de comer y los amigos
y las familias y las visitas
y el traje nuevo
y las cartas de otra ciudad
y las golondrinas al ras del suelo
o en su balcón de piedra bajo el techo.

Y en todas partes
como una gota de agua
mezclarse con la arena que la acoge.

LA ESCUELA

A horas exactas
nos levantan, nos peinan, nos mandan a la escuela.

Vienen los muchachos de todas partes,
gritan y se atropellan en el patio
y luego suena una campana
y desfilamos, callados, hacia los salones.
Cada dos tienen un lugar
y con lápices de todos tamaños
escribimos lo que nos dicta el profesor
o pasamos al pizarrón.

El profesor no me quiere;
ve con malos ojos mi ropa fina
y que tengo todos los libros.

No sabe que se los daría todos a los muchachos
por jugar como ellos, sin este
pudor extraño que me hace sentir tan inferior
cuando a la hora del recreo les huyo,
cuando corro, al salir de la escuela,
hacia mi casa, hacia mi madre.

¿Qué se hicieron los gatos, los conejos,
el Rey de la Selva, y la Zorra de las Uvas,
los Cinco Guisantes, el Patito Feo?
Hace tiempo que no trato con esos animales;
desde que me enseñaron que el hombre
es un ser superior, semejante a Dios,
aunque todavía no me enseñan a Dios,
los animales me parecen sin importancia.

Lo único que odio en este libro
es que esboza que hay diversos países
y relata el viaje de Colón
y tuve que recitar unos versos:
Oh Colón, para hacer de tu renombre...

Antes de venir a la escuela
no distinguía entre los hombres;
todos ellos me parecían iguales.
Ahora sé:
Europa, Asia, África, América, Oceanía
y México. ¡Viva México!
Espléndido es tu cielo, patria mía.

EL PRIMER ODIO

Yo sabía recitar *Fusiles y muñecas*
y la *Serenata de Schubert* y *A Byron,*
pero en la librería de mi casa
estaba un libro de don Manuel Puga y Acal,
Poetas contemporáneos —188. . .—
en que se destrozaba a mis ídolos
y yo odié terriblemente a don Manuel Puga y Acal.

Después no he sabido más de Peza,
ni del Duque Job, ni del otro
y hasta hubiera olvidado a su agudo crítico de Guadalajara.

Lo he tratado; es gordo,
ya no usa bigote ni escalpelo de la crítica
ni seudónimo, y es Secretario de la Universidad;
hasta me ha saludado alguna vez.

Pero ¿cómo iba yo a saber que crecería tanto
o que Brummel duraría tanto?

EL AMIGO IDO

Me escribe Napoleón:
"El Colegio es muy grande,
nos levantamos muy temprano,
hablamos únicamente inglés,
te mando un retrato del edificio..."

Ya no robaremos juntos dulces
de las alacenas, ni escaparemos
hacia el río para ahogarnos a medias
y pescar sandías sangrientas.

Ya voy a presentar sexto año;
después, según todas las probabilidades,
aprenderé todo lo que se deba,
seré médico,
tendré ambiciones, barba, pantalón largo...

Pero si tengo un hijo
haré que nadie nunca le enseñe nada.
Quiero que sea tan perezoso y feliz
como a mí no me dejaron mis padres
ni a mis padres mis abuelos
ni a mis abuelos Dios.

PALABRAS EXTRAÑAS

Por la calle había,
en carteles rojos y en bocas ásperas,
extrañas palabras
que se grababan en mi cerebro como enigmas
y había acciones y efectos
cuyo motivo me preocupaba indagar.

Muchos novelistas que estudian
una niñez que no han vivido
observan que los diccionarios
son siempre consultados por niños.

Por las noches el alfabeto estelar
combinaba sus veintisiete letras
en frases que me conturbaban
y que aún no encuentro en enciclopedias.

LA POESÍA

Para escribir poemas,
para ser un poeta de vida apasionada y romántica
cuyos libros están en las manos de todos
y de quien hacen libros y publican retratos los periódicos,
es necesario decir las cosas que leo,
esas del corazón, de la mujer y del paisaje,
del amor fracasado y de la vida dolorosa,
en versos perfectamente medidos,
sin asonancias en el mismo verso,
con metáforas nuevas y brillantes.

La música del verso embriaga
y si uno sabe referir rotundamente su inspiración
arrancará las lágrimas del auditorio,
le comunicará sus emociones recónditas
y será coronado en certámenes y concursos.

Yo puedo hacer versos perfectos,
medirlos y evitar sus asonancias,
poemas que conmuevan a quien los lea
y que les hagan exclamar: "¡Qué niño tan inteligente!"

Yo les diré entonces
que los he escrito desde que tenía once años:
No he de decirles nunca
que no he hecho sino darles la clase que he aprendido
de todos los poetas.

Tendré una habilidad de histrión
para hacerles creer que me conmueve lo que a ellos.

Pero en mi lecho, solo, dulcemente,
sin recuerdos, sin voz,
siento que la poesía no ha salido de mí.

RETRATO DE FAMILIA

Mi padre, mi madre, yo
—aquí no me conozco casi.
Dicen que tengo algo de los dos
pero que me parezco más a él;
él ya murió,
la gente siempre tiene razón.

AMOR

Amar es este tímido silencio
cerca de ti, sin que lo sepas,
y recordar tu voz cuando te marchas
y sentir el calor de tu saludo.

Amar es aguardarte
como si fueras parte del ocaso,
ni antes ni después, para que estemos solos
entre los juegos y los cuentos
sobre la tierra seca.

Amar es percibir, cuando te ausentas,
tu perfume en el aire que respiro,
y contemplar la estrella en que te alejas
cuando cierro la puerta de la noche.

EL VIAJE

Conversando con un desconocido
—me he ido a asomar a su ventanilla—
me doy cuenta de que sé tantas cosas
que puedo hablar sin silencio media hora
y, si cambia el tema, hablar fluyentemente.

Es que a ese señor no lo quiero.
Cuando quiero algo
no me doy cuenta de ello
ni sé qué tiempo pasa deseándolo en silencio.

X. V.

No podemos abandonarnos,
nos aburrimos mucho juntos,
tenemos la misma edad,
gustos semejantes,
opiniones diversas por sistema.

Muchas horas, juntos,
apenas nos oíamos respirar
rumiando la misma paradoja
o a veces nos arrebatábamos
la propia nota inexpresada de la misma canción.

Ninguno de los dos, empero,
aceptaría los dudosos honores del proselitismo.

F. R.

Invierno,
remordimiento súbito del año en fuga,
¡quince años!
Un triángulo negro define mi madurez,
tengo vagos anhelos, sueño, no vivo.

De pronto, en el mediodía de mi corazón,
el ala de un celaje arrastra su sombra.

SUICIDIO

Un pretexto cualquiera
y atar a mi cuello la alta soga corrediza.
El jardín que oscila y se aleja,
sopor, dulce inconsciencia irrespirable.

Gritos, llanto, un golpe, alarma,
¡de nuevo el mundo!
Oh, ¿por qué cortar la soga dulce
si ya no le volvería a ver?

LA CIUDAD

Por esta puerta grande hemos llegado,
yo les temía a esos hombres rápidos de la estación,
todos ellos se ofrecen para algo
y los automóviles. . .

Yo me perdería aquí, solo,
en tanta calle lisa y larga;
ninguna persona sabe quién soy,
las luces son más fuertes,
las ventanas más altas y cerradas. . .

IV

NUEVO AMOR

Thy bosom is endeared with all hearts
Which I by lacking have supposed dead...

La renovada muerte de la noche
    en que ya no nos queda sino la breve luz de la conciencia
y tendernos al lado de los libros
de donde las palabras escaparon sin fuga, crucificadas en
    mi mano,
y en esta cripta de familia
en la que existe en cada espejo y en cada sitio la evidencia
    del crimen
y en cuyos roperos dejamos la crisálida de los adioses
    irremediables
con que hemos de embalsamar el futuro
y en los ahorcados que penden de cada lámpara
y en el veneno de cada vaso que apuramos
y en esa silla eléctrica en que hemos abandonado nuestros
    disfraces
para ocultarnos bajo los solitarios sudarios
mi corazón ya no sabe sino marcar el paso
y dar vueltas como un tigre de circo
inmediato a una libertad inasible.
Todos hemos ido llegando a nuestras tumbas
a buena hora, a la hora debida,
en ambulancias de cómodo precio
o bien de suicidio natural y premeditado.
Y yo no puedo seguir trazando un escenario perfecto
en que la luna habría de jugar un papel importante
porque en estos momentos
hay trenes por encima de toda la tierra
que lanzan unos dolorosos suspiros
y que parten
y la luna no tiene nada que ver
con las breves luciérnagas que nos vigilan
desde un azul cercano y desconocido
lleno de estrellas poliglotas e innumerables.

Tú, yo mismo, seco como un viento derrotado
que no pudo sino muy brevemente sostener en sus brazos una
    hoja que arrancó de los árboles
¿cómo será posible que nada te conmueva
que no haya lluvia que te estruje ni sol que rinda tu fatiga?
Ser una transparencia sin objeto
sobre los lagos limpios de tus miradas
oh tempestad, diluvio de hace ya mucho tiempo.
Si desde entonces busco tu imagen que era solamente mía
si en mis manos estériles ahogué la última gota de tu sangre
    y mi lágrima
y si fue desde entonces indiferente el mundo e infinito el
    desierto
y cada nueva noche musgo para el recuerdo de tu abrazo
¿cómo en el nuevo día tendré sino tu aliento,
sino tus brazos impalpables entre los míos?
Lloro como una madre que ha reemplazado al hijo único
    muerto.
Lloro como la tierra que ha sentido dos veces germinar el
    fruto perfecto y mismo.
Lloro porque eres tú para mi duelo
y ya te pertenezco en el pasado.

Este perfume intenso de tu carne
no es nada más que el mundo que desplazan y mueven los
    globos azules de tus ojos
y la tierra y los ríos azules de las venas que aprisionan tus
    brazos.
Hay todas las redondas naranjas en tu beso de angustia
sacrificado al borde de un huerto en que la vida se suspendió
    por todos los siglos de la mía.
Qué remoto era el aire infinito que llenó nuestros pechos.
Te arranqué de la tierra por las raíces ebrias de tus manos
y te he bebido todo, ¡oh fruto perfecto y delicioso!
Ya siempre cuando el sol palpe mi carne
he de sentir el rudo contacto de la tuya
nacida en la frescura de una alba inesperada,
nutrida en la caricia de tus ríos claros y puros como tu abrazo,
vuelta dulce en el viento que en las tardes
viene de las montañas a tu aliento,
madurada en el sol de tus dieciocho años,
cálida para mí que la esperaba.

Junto a tu cuerpo totalmente entregado al mío
junto a tus hombros tersos de que nacen las rutas de tu abrazo,
de que nacen tu voz y tus miradas, claras y remotas,
sentí de pronto el infinito vacío de su ausencia.
Si todos estos años que me falta
como una planta trepadora que se coge del viento
he sentido que llega o que regresa en cada contacto
y ávidamente rasgo todos los días un mensaje que nada
    contiene sino una fecha
y su nombre se agranda y vibra cada vez más profundamente
porque su voz no era más que para mí oído,
porque cegó mis ojos cuando apartó los suyos
y mi alma es como un gran templo deshabitado.
Pero este cuerpo tuyo es un dios extraño
forjado en mis recuerdos, reflejo de mí mismo,
suave de mi tersura, grande por mis deseos,
máscara
estatua que he erigido a su memoria.

Hoy no lució la estrella de tus ojos.
Náufrago de mí mismo, húmedo del brazo de las ondas,
llego a la arena de tu cuerpo
en que mi propia voz nombra mi nombre,
en que todo es dorado y azul como un día nuevo
y como las espigas herméticas, perfectas y calladas.

En ti mi soledad se reconcilia
para pensar en ti. Toda ha mudado
el sereno calor de tus miradas
en fervorosa madurez mi vida.

Alga y espumas frágiles, mis besos
cifran el universo en tus pestañas
—playa de desnudez, tierra alcanzada
que devuelve en miradas tus estrellas.

¿A qué la flor perdida
que marchitó tu espera, que dispersó el Destino?
Mi ofrenda es toda tuya en la simiente
que secaron los rayos de tus soles.

Al poema confío la pena de perderte.
He de lavar mis ojos de los azules tuyos,
faros que prolongaron mi naufragio.
He de coger mi vida deshecha entre tus manos,
leve jirón de niebla
que el viento entre sus alas efímeras dispersa.
Vuelva la noche a mí, muda y eterna,
del diálogo privada de soñarte,
indiferente a un día
que ha de hallarnos ajenos y distantes.

GLOSA INCOMPLETA EN TRES TIEMPOS
SOBRE UN TEMA DE AMOR

I

Dentro de estos cuatro muros
pretendí ocultar mi dicha:
Pero el fruto, pero el aire
¿cómo me los guardaría?

Hora mejor que pospuse,
voces que eran para mí,
camino que no elegí
destino que no dispuse;
¡cómo os volvisteis oscuros!
¡qué amargo vuestro sabor
cuando os encerró mi amor
dentro de estos cuatro muros!

Entre tu aurora y mi ocaso
el Tiempo desparecía
y era nuestra y era mía
sangre, labio, vino y vaso.
En perdurar se encapricha
mi sombra junto a tu luz
y bajo negro capuz
pretendí ocultar mi dicha.

Pero el fruto, pero el aire,
pero el Tiempo que no fluya,
pero la presencia tuya
fuerte, joven, dulce, grande;
sangre tuya en vena mía,
lazos a instantes maduros,
dentro de estos cuatro muros
cómo me los guardaría?

Porque a pesar de todas las pieles de becerro
una camisa es casi tanto como una página
llorar desesperadamente porque ocurrió lo que era de esperar.
Si no tiene remedio
al principio era el único fin de mi existencia
las profesiones no son más que hábitos
y ya nada es posible desde aquella noche apellidada.
No me conoció cuando aparté la máscara de mi rostro
yo no pedía más que su rumor
pero me daba su compañía.
Se quitaba la noche y la muerte y se moría
yo me ahogaba en la alberca de su gimnasia,
yo envejecí definitivamente a su lado
y mis ojos se cerraron ante los suyos.
Quise marcar las fechas de su corazón
pero no sé ruso
y la sábana era una estepa.

III

¡Apenas si te reconozco!
Si tu labio en el mío es como el mío mismo,
si ya tu mano estéril no oprime ni rechaza
y eres como el azogue que da mi propia luz.
¡Ay de mí que amaba tu fuerza
si la fuerza está toda en mí!
¡Ay de mí que esperé la muerte
y que te la di!

POEMA INTERRUMPIDO

Aún ahora al escribir, estoy haciendo una cosa diferente.
Me dije: tengo que escribir un hondo poema
y he de expresar en él todo el dolor que sufro
ante la evidencia de que envejezco.

He de mojarlo en estas lágrimas
de los ojos que ven sin esperanza
que la vida da bellos frutos
y van luego al espejo
a contemplar una falsa sonrisa
y un cuerpo torpe y sin gracia.

Estos ojos que aprisionan unos cristales
que se fatigan enjaulados
en las líneas de los libros.
Esta boca amarga de humo y de mentira
que se marchita sola, sedienta.
Estas manos que cogen lápices, que estrechan
otras pobres manos,
que anudan mi corbata y aseguran mi encierro.

Un poco de oro cuesta la juventud
el mañana a costa del hoy
el hoy a costa del ayer
la bendición a costa del beso
los saludos a costa de la dicha.

POEMA

Cuando las rocas del tiempo opriman nuestros pechos
¡que angustiosos recuerdos poblarán nuestro desesperado
    silencio!
Fue un soplo el que nos puso a danzar en la danza,
polvo hecho gozo, cogimos de la mano el polvo gozoso
y soñamos sueños, y algunos escribimos sueños. . .
Un día nos regresaron al polvo
grandes, fuertes. . . un abono magnífico. . .
(lo cual no deja de parecerse
a la conducta de los avicultores y de los ganaderos
que han transformado en butacas
y en gallinas en galantina
al becerro de española mirada
y a la morigerada gallina que usaba siempre cuellos altos
después de motivarlos y cultivarlos).
Y en él. . . ¡hasta cuándo!
Mientras ruedan los siglos sobre nuestros ojos
otros hombres disecan los cantos que cantamos
y palpan con orgullo los débiles sueños nuestros.
Con firme mano escriben su sueño.
Así nosotros
dejamos nuestro signo sobre la huella antigua.

BREVE ROMANCE DE AUSENCIA

Único amor, ya tan mío
que va sazonando el Tiempo;
¡qué bien nos sabe la ausencia
cuando nos estorba el cuerpo!

Mis manos te han olvidado
pero mis ojos te vieron
y cuando es amargo el mundo
para mirarte los cierro.

No quiero encontrarte nunca,
que estás conmigo y no quiero
que despedace tu vida
lo que fabrica mi sueño.

Como un día me la diste
viva tu imagen poseo,
que a diario lavan mis ojos
con lágrimas tu recuerdo.

Otro se fue, que no tú,
amor que clama el silencio
si mis brazos y tu boca
con las palabras partieron.

Otro es éste, que no yo,
mudo, conforme y eterno
como este amor, ya tan mío
que irá conmigo muriendo.

ELEGÍA

Los que tenemos unas manos que no nos pertenecen,
grotescas para la caricia, inútiles para el taller o la azada,
largas y fláccidas como una flor privada de simiente
o como un reptil que entrega su veneno
porque no tiene nada más que ofrecer.

Los que tenemos una mirada culpable y amarga
por donde mira la Muerte no lograda del mundo
y fulge una sonrisa que se congela frente a las estatuas
     desnudas
porque no podrá nunca cerrarse sobre los anillos de oro
ni entregarse como una antorcha sobre los horizontes del
     Tiempo
en una noche cuya aurora es solamente este mediodía
que nos flagela la carne por instantes arrancados a la
     eternidad.

Los que hemos rodado por los siglos como una roca
     desprendida del Génesis
sobre la hierba o entre la maleza en desenfrenada carrera
para no detenernos nunca ni volver a ser lo que fuimos
mientras los hombres van trabajosamente ascendiendo
y brotan otras manos de sus manos para torcer el rumbo de
     los vientos
o para tiernamente enlazarse.

Los que vestimos cuerpos como trajes envejecidos
a quienes basta el hurto o la limosna de una migaja que es
     todo el pan y la única hostia
hemos llegado al litoral de los siglos que pesan sobre nuestros
     corazones angustiados
y no veremos nunca con nuestros ojos limpios
otro día que este día en que toda la música del universo

se cifra en una voz que no escucha nadie entre las palabras
  vacías
y en el sueño sin agua ni palabras en la lengua de la arcilla
  y del humo.

V

SEAMEN RHYMES

[1933]

Las olas en su danza, cogidas de las manos azules e infinitas,
las nubes que oscurecen su carne inmóvil bajo el Sol
o las nubes las olas que el barco hiende y rasga
—fuga de blancos pétalos, líquido jaspe.

El mar blanco y callado de la mañana limpia,
las gotas de rocío que deposita el sol sobre la copa azul de
    cada ritmo
y el horizonte límite, distancia en la clausura,
y el mármol de una nube que el viento esculpe, ciñe y
    adelgaza.

O en el mar de la tarde que inicia un canto rumoroso, claro
    y profundo
—acero terso, collar de espumas, pétalo níveo—,
juegan las olas y se persiguen y se coronan
—plata, ceniza, guirnalda, azahar.

O el horizonte gris que se diluye sobre el azogue
y vierten las cenizas de un ocaso sin sangre repentino
su llanto en los cristales —imaginarias islas como ruegos.

O la callada sombra total como un presagio
a los ojos inútiles de pronto
sobre las manos blancas que suplican
a tientas si en el cielo
vuelto nave y naufragio
el mar rindió sus tintas enlutadas.

Cuando ya en la bahía apenas, fatigado
como un atleta niño, si palpita
al céfiro, rugosa y delicada

la fina piel que vela
savias bajo de cóncavos espejos.

Y de nuevo partir, como la Luna misma
que sigue nuestra huella en la distancia,
mayor ayer, mañana perezoso
bajel o comunión en el recuerdo.

II

"Take a man like myself—
See these hands?—they're dirty.
This finger is all torn from my work.
You know—if I were in land
—see those tubes and screws and engines?
My job would be to keep them fit.
That is what I do on the ship.
If some passenger loses his trunk keys
I make one to fit
And the bathrooms, and the waterpipes, and all.

I work for a living,
But I'm no socialist or bolshevist or anything
I just go along the best I can
'cause I think the most money goes to the most brains
And since I only get 55 a month
It must be that I'm only worth 55.
't ain't much, is it?
But still I think if I'm not happy with that money
Somebody must believe it is a lot of dough
And wish he had it.

My name is Neville,
Neville Charles Rogers, but they call me Buster
'n account of my father.

You know, during the war
They say I was nine months of age
And was lying on a bed
When an old friend of my father came into the room
And he said to me
"Hello, Buster junior"
'cause my old man's nickname was also Buster
And so they have been calling me ever since.

You are one of them passengers
You're traveling on this boat for some reason,
For business
Or just because you want a vacation
And you enjoy yourselves thoroughly.

We see you at night
Dancing on deck
Or having swell drinks at the bar
Or may be you stare at us
Because you wonder
About real life
And men who work for a living
As we do.

I also like a good drink
I can have it in my room when work is finished
And I can play cards
Or read stories
But I have to do all that in the same little room
And I keep on doing the same things everyday
On this same ship
And getting 55 every month.

I have a brother in New York
He's married and he has a child
But he has no job now.

Well—he has a home
They must be happy
I'm glad to share my 55 with them
And whenever we get to port
I take the child some toy for a present
Because he must be happy.

Sometimes at night
I feel kind o' lonesome
But then I know some very old seamen rhymes
And I sing them.

I've been a good fellow
And I earned all I spent
I've paid what I've borrowed
And I lost all I lent.

I once loved a woman
But it came to an end.
So I'll get me a damn dog
—He'll be my friend.

VI

ROMANCE DE ANGELILLO Y ADELA

[1933]

Ella venía de México
    —quietos lagos, altas sierras—,
cruzara mares sonoros
bajo de nubes inciertas:
por las noches encendía
su mirada en las estrellas.
Iba de nostalgia pálida,
iba de nostalgia enferma,
que en su tierra se dejaba
amores para quererla
y en su corazón latía
amarga y sorda la ausencia.
Él se llamaba Angelillo
—ella se llamaba Adela—,
él andaluz y torero
—ella de carne morena—,
él escapó de su casa
por seguir vida torera;
mancebo que huye de España,
mozo que a sus padres deja,
sufre penas y trabajos
y se halla solo en América.
Tenía veintidós años
contados en primaveras.
Porque la Virgen lo quiso,
Adela y Ángel se encuentran
en una ciudad de plata
para sus.almas desiertas.
Porque la Virgen dispuso
que se juntaran sus penas
para que de nuevo el mundo
entre sus bocas naciera,
palabra de malagueño
—canción de mujer morena—,

torso grácil, muslos blancos
—boca de sangre sedienta.
Porque la Virgen dispuso
que sus soledades fueran
como dos trémulos ríos
perdidos entre la selva
sobre las rutas del mundo
para juntarse en la arena,
cielo de México oscuro,
tierra de Málaga en fiesta.
¡Ya nunca podrá Angelillo
salir del alma de Adela!

VII

POEMAS PROLETARIOS

[1934]

Del pasado remoto
    sobre las grandes pirámides de Teotihuacán,
sobre los teocalis y los volcanes,
sobre los huesos y las cruces de los conquistadores áureos
crece el tiempo en silencio.

Hojas de hierba
en el polvo, en las tumbas frías;
Whitman amaba su perfume inocente y salvaje
y Sandburg lo ha visto cubrir las tumbas
de Napoleón y de Lincoln.

Nuestros héroes
han sido vestidos como marionetas
y machacados en las hojas de los libros
para veneración y recuerdo de la niñez estudiosa,
y el Padre Hidalgo,
Morelos y la Corregidora de Querétaro,
con sus peinetas y su papada, de perfil siempre,
y Morelos con su levita, sus botas negras y su trapo
en la cabeza, feroz el gesto, caudillo suriano
y la Corte de los virreyes de terciopelo, hierro y encajes
y la figura de cera de Xóchil descalza
entre los magueyes de cera verde.

Luego Iturbide en su coronación
—¡y pudiste prestar fácil oído a falaz ambición!—
y nuevas causas de la libertad,
intervenciones de *cowboys* y zuavos de circo
y "entre renuevos cuyos aliños
un viento nuevo marchita en flor,
los héroes niños cierran sus alas
bajo las balas del invasor".

Y Juárez, Benemérito de las Américas,
para que vean de lo que son capaces los indios,
en su litografía de marco dorado
sobre todos los pupitres grises, decorado de moscas,
sobre los pizarrones encanecidos,
el Monte de las Cruces, el Cerro de las Campanas,
el Cerro de Guadalupe
y don Porfirio y las fiestas del Centenario
a que vino Polavieja, entre otros,
y las *extras* de los periódicos
y el temblor de tierra que trajo a Madero
y a la señora Sara P. de Madero.

REVOLUCIÓN, REVOLUCIÓN,
siguen los héroes vestidos de marionetas,
vestidos con palabras signaléticas,
el usurpador Huerta
y la Revolución triunfante,
don Venustiano disfrazado con barbas y anteojos
como en una novela policíaca primitiva
y la Revolución Constitucionalista,
Obregón, que tiró la piedra y escondió la mano
y la Revolución triunfante de nuevo,
la Era de las Instituciones,
el Mensaje a la Nación,
las enseñanzas agrarias del nuevo caudillo suriano,
el Jefe Máximo de la Revolución,
y el Instituto Político de la Revolución,
los Postulados de la Revolución,
los intereses colectivos,
la clase laborante y el proletariado organizado,
la ideología clasista,
los intelectuales revolucionarios,
los pensadores al servicio del proletariado,
el campesinaje mexicano,

la Villa Álvaro Obregón, con su monumento,
y el Monumento a la Revolución.

La literatura de la revolución,
la poesía revolucionaria
alrededor de tres o cuatro anécdotas de Villa
y el florecimiento de los maussers,
las rúbricas del lazo, la soldadera,
las cartucheras y las mazorcas,
la hoz y el Sol, hermano pintor proletario,
los corridos y las canciones del campesino
y el overol azul del cielo,
la sirena estrangulada de la fábrica
y el ritmo nuevo de los martillos
de los hermanos obreros
y los parches verdes de los ejidos
de que los hermanos campesinos
han echado al espantapájaros del cura.

Los folletos de propaganda revolucionaria,
el Gobierno al servicio del proletariado,
los intelectuales proletarios al servicio del Gobierno
los radios al servicio de los intelectuales proletarios
al servicio del Gobierno de la Revolución
para repetir incesantemente sus postulados
hasta que se graben en las mentes de los proletarios
—de los proletarios que tengan radio y los escuchen.

Crece el tiempo en silencio,
hojas de hierba, polvo de las tumbas
que agita apenas la palabra.

El Himno del trabajo
en la ciudad antigua, edificada sobre agua
los hombres hacen puertas y levantan paredes
o conducen gente de un sitio al otro

o fabrican pan
o vigilan las grandes máquinas que escupen su negrura
sobre sus carnes fláccidas
o componen en plomo las frases de los pensadores
o vocean la cotidiana sabiduría de los periódicos
o envejecen detrás de los mostradores
o de los escritorios
o en las cárceles o en los hospitales
o destazan la carne sanguinolenta, y la pesan
o leen atentamente las ofertas de empleo en los diarios
o llaman a las puertas y muestran un brazo paralizado.

Pero concluido el Himno del trabajo
pueden iniciar el Himno de la alegría,
pueden ir a un cine y comer cacahuates
o pueden escuchar en el radio una Conferencia
      Antialcohólica
con números de música cubana
o ir a tomarse un tequila a la esquina
o pulque y tacos,
o asistir a una conferencia
sobre los anhelos y las realizaciones del Plan Sexenal.
"En Rusia, compañeros, el proletariado organizado
derrocó la tiranía de los zares
y redujo a cenizas el capitalismo y la burguesía.
El comunismo es una doctrina extraña en nuestro medio,
no pudimos sostener relaciones diplomáticas con la Unión
      Soviética,
pero la Educación Socialista
preparará a tus hijos a vivir el momento histórico
y la realidad mexicana dentro de los postulados
del Instituto Político de la Revolución Mexicana.
La capacitación de las masas trabajadoras,
los anhelos de reivindicación del proletariado..."
Le dicen los poetas proletarios:
CAMPESINO,

toma la hoz y traza tu destino.
 (Se lo dicen en la ciudad, o por radio
y él no puede escucharlos.)

Los pintores lo graban en los muros de las oficinas
abrazando al obrero,
viendo salir el Sol de las Reivindicaciones,
cargado de flores o de paja
o descendiendo a las minas negras.
 (Él no ha visto esos muros, y en su choza
cuelga un viejo almanaque de los productos Báyer
o el retrato de Miss Arizona en traje de baño
que cortó de un rotograbado dominical.)

Cuando suele venir a la ciudad
trae a cuestas dos costales de tierra de encino
para las macetas de trozos de platos
que adornan las casas de los pensadores proletarios
o viene a venderle a míster Davis unos sarapes
o a vocear lúgubremente una ruda escalera
o dos petates o unos jarros toscos
o chichicuilotitos vivos.
Y si tiene fuerzas
se llega caminando hasta la Villa de Guadalupe
a encenderle una vela a la Virgen
porque en su atraso y su ignorancia
no sabe que ya no hay Dios, ni santos,
ni cielo, ni infierno,
ni que la doctrina marxista, la oferta y la demanda,
la plusvalía y la saturación de la plata
integran la preocupación más honda
del Gobierno emanado de la Revolución.

Se llega, tímido, a la elegante y sabia ciudad,
vestido de manta, descalzo y callado,
miedoso de los automóviles raudos

y se vuelve a su tierra por los caminos desmoronados
en que crece el tiempo en silencio
pisando hojas de hierba, polvo de las tumbas
que agita apenas la palabra.

Es necesario fomentar el turismo.
Cuando esté terminada la carretera México-Laredo
vendrán muchísimos más Leones y Rotarios
a brindar en Xochimilco por la prosperidad de México,
que les queda más cerca que Egipto, relativamente,
y que también tiene ruinas de Monte Albán.
Los años de la depresión dejaron ya su enseñanza.
Mientras Morgan y Rockefeller
el maltusianismo y las sufragistas
construían en el pasado siglo la civilización industrial,
los ferrocarriles, los bancos y las fábricas de salchichas
los B.V.D.'s, los tractores y la leche condensada
sin pensar en la inmanente tragedia de la sobreproducción,
Juárez dijo que el respeto al derecho ajeno era la paz
y disfrutamos en consecuencia de una larga paz enajenada,
turbada apenas, acaso, por la inauguración del ferrocarril
que iban a ver la gentes, como al circo,
por las tardes, en la estación.

Fuimos inmunes al industrialismo.
Nuestra paz, el silencio prenatal de nuestros campos
apenas si a ratos desesperaba
la explosión de un cohete, de un alarido,
de un balazo o de una detumescente puñalada.
Todavía nos halló sentados
el retorno del hijo pródigo yanqui
vencido por la máquina que engendró su comodidad,
aturdido, loco de ruidos industriales,
misionero, turista y periodista.
Vinieron en aeroplano grandes pensadores rubios.
"El confort, dijo uno de ellos,

es la armonía entre el hombre y su medio.
Los indios, a la puerta de sus chozas,
están más confortables, descalzos,
que Anatole France en zapatillas
o Calvin Coolidge sorbiendo una Coca-Cola
en un salón del Waldorf Astoria."

Otro dijo: "Con unos cuantos tractores Ford,
unos cuantos baños de Crane,
algunos kilómetros de carreteras pavimentadas
México sería el paraíso
que no pudieron ser los Estados Unidos."

Vino todavía otro, de mucho más lejos,
y comparó la civilización industrial a un lirio podrido
cuyo perfume le era definitivamente más grato
que el de la paz prenatal regada de ocasional sangre,
sólo interrumpida, a ratos, por el estallido de un cohete
que mira el indio, confortable a la puerta de su choza,
ignorante de lo que dijeron los pródigos pensadores.

De todas maneras
el despertar de los anhelos
de las clases laborantes del campo y la ciudad...

Crece el tiempo en silencio:
hojas de hierba, polvo de las tumbas
que agita apenas la palabra.

CRUZ, EL GAÑÁN

Todas las mañanas, desde que se acuerda,
ha pasado por la tienda de Fidel
a tomar unos tragos de alcohol teñido
antes de sacar la yunta.·
El sol va quitándole el frío primero,
luego ya le quema la espalda
y cuando es más fuerte, porque el Sol está en medio,
llega su mujer con el almuerzo y el jarro de pulque.
No hablan absolutamente nada,
mastican lentamente, en silencio
y luego ella recoge las cazuelas y se marcha
con pasos menudos
y él vuelve a instalarse detrás de la yunta
hasta que comienza a hacer frío y ya nada se ve.
Entonces vuelve a pasar por la tienda de Fidel
y se para en la puerta, estático, embozado en su poncho;
ve llegar a los chicos a comprar dos centavos de petróleo
o tres de azúcar o un litro de maíz
y luego se toma otros tragos de alcohol teñido
y vuelve, tropezándose, a su choza,
hablando solo en voz muy baja,
saludando a los que tropiezan en el camino,
y se acuesta al lado de su mujer.
El sábado le darán su raya
porque gana setenta y cinco centavos diarios.
Todas las mañanas, desde que se acuerda,
y los domingos, le queda más tiempo
para tomar tragos de alcohol teñido
y hablar, hablar, en voz muy baja, para sí mismo.

GASPAR, EL CADETE

Adoraba su uniforme de gala
con los botones limpios, brillantes.
Todo el primer año le fue duro y hostil,
la iniciación en que los mayores le pegaron
llamándole "potro" y arrebatándole la comida
hasta hacerlo sentir que su niñez había terminado,
que tendría que valerse por sí mismo en adelante
y que ya su familia le sería extraña.
Ya en el segundo se había disciplinado
y había aprendido a "hacer marrulla",
a saltar la reja, de noche,
para ir a la galería del cine cercano
y al mismo tiempo su cuerpo iba endureciéndose
dándole la euforia de una madurez vigorosa
que lo tenía siempre de buen humor
entre los compañeros de su "antigüedad".
El tercer año pasó muy rápidamente
—los años pasan muy rápidamente—
y fue nombrado sargento de su compañía
lo cual le dio el sentido de la autoridad
que ejercitaría ya muy pronto
cuando saliera a filas, el año próximo
y no tuviera ya que ir a formar toda la tarde
el primero de septiembre
mientras el Presidente leía su Informe a las Cámaras
y llovía tanto.
Es injusto que el "pre" no sea mayor
conforme uno crece
porque sus necesidades son más urgentes y grandes
y a veces no tenía nadie cigarrillos.
El curso de táctica, los viejos profesores,
las prácticas en los pueblos cercanos,
el encierro forzoso, relativamente, de toda la semana,
todo esto terminaría muy pronto

con la ceremonia de Entrega de Espadas,
la adscripción a batallones y regimientos,
el sueldo y el vistoso uniforme de gabardina, con una barra.

ROBERTO, EL SUBTENIENTE

Cuando salió del Colegio y cumplió veintiún años
y ostentó en la gorra la barra de subteniente,
llegó al cuartel con una gran energía acumulada.
En el Colegio todo era perfecto y limpio,
la gimnasia y la equitación lo habían hecho fuerte y ligero
y conocía perfectamente la historia antigua
y todas las campañas de Napoleón.
Iba a ganar ya sueldo.
Cuatro pesos son mucho dinero para uno solo.
Le dieron un asistente que le traía la comida
y le quitaba las botas, o le ensillaba el caballo.
A diana, se levantaba
e iba a dar instrucción a los soldados
y luego hacía guardia en la puerta
toda una mañana muerta y ociosa,
toda una tarde llena de moscas y de polvo
hasta que llamaban a lista de seis
y asistía a la complicada ceremonia
de la lectura de la Orden del Día.
Entonces, con la sombra,
despertaban sus más primitivos instintos
y reunido con otros oficiales
bebía tequila hasta embriagarse
e iba a buscar a una mujerzuela
para golpearla despiadadamente
azotándola como a su caballo,
mordiéndola hasta la sangre,
insultándola hasta hacerla llorar
y luego acariciándola con ternura,
dándole todo su cuerpo febril y joven,
para marcharse luego al cuartel
abriéndose paso, a puntapiés, hasta su habitación,
entre los soldados que yacían en la sombra, sin almohada,
enlazados a sus mujeres o a sus fusiles.

BERNARDO, EL SOLDADO

Se dio de alta porque no encontró ningún otro trabajo,
al mismo tiempo que Carlos, que había sido bañero,
que Ignacio, que venía de Sonora y parecía gringo
y que El Alacrán que debía muchas muertes.
El Alacrán los inducía a fumar marihuana
y a echar pólvora en el tequila.
Cuando él lo hacía,
le daban deseos irrefrenables de golpear las paredes
con las manos de hierro, insensibles,
y el día siguiente las tenía llenas de heridas.
Carlos estaba siempre enfermo,
tenía las manos llenas de manchas rojizas
y despedía un olor intolerable de yodoformo.
Ignacio hablaba siempre de su tierra
y mostraba su certificado de instrucción primaria
en un papel cuidadosamente doblado
y los cuatro iban quedándose dormidos
a la puerta del capitán del cuartel.

VIII

NEVER EVER

[1935]

I

Never ever clever lever sever ah la rima
      imagina plombagina borra roba imposiblemente
treinta no más hola papá hola mamá
el divorcio extemporáneo muchísimamente
duradero duradero duradero invernadero
pudridero delantero esmero espero espuro espurio
murió lejos nunca más lo vimos sólo un telegrama
novena novenario lotería nada absolutamente
estaba apenas en la cuna y no quería
que nadie durmiera con él más que Abolta cli
ahora estudia estudia como yo entonces
las novias su mamá se enoja él se desespera
uno dos uno dos alto respirando profundamente
oh tres pastillas tres mil calorías treinta años
uno y trino que ya no escucha nadie
porque es verdaderamente penoso aunque, bien pensado
probablemente les da enteramente lo mismo
pero a uno no qué caramba siempre pues figúrate
es horrible pensarlo y sin embargo
pero eso ya lo tengo dicho en algún libro que se entiende
navamorcuende dice que lo vende
Europa Asia Eufrasia Éufrates fratres orate
prorrate rate pausa piensa intensa interesa inveterado
vete errado es necesario algo para toda la vida
que yo pueda decir cuando ah sí cuando recuerdas
pues cómo no si era en la mañana yo pasé por ahí
y ella arrojaba a la calle un zapato viejo
toda la vida ah claro el zapato viejo pudridero
tiroidina orquitina esencia de orquídeas orquitis horcajadas
      horca
a ver señorita Inesita no sé el patio pequeñito

123

es indigno muchachito ahora verás mu mu el pie desnudo
   tan bonito
y el chorrito calientito cochi cochi cuino cuino
la media entera negra toda mojada mojada ah delicia
la risa que le dio debí indignarme contarlo todo
entonces arroz carne sssssssssss temprano
los saltos dos ya se va no importa córrele
las puertas cerradas o como si lo estuvieran
otra vez otra vez otra vez otra vez se acabó
se lo dije a mi papá me odió mas ya se ha de haber muerto
nunca me contestó todos se dispersaron el negrito
sus tíos eran malos con él también la abuela de aquélla
pobre nombre cómo lo ha puesto esa otra en las carpas
los Reyes Magos los trajeron a dormirse en el suelo
yo no podía subir tanto me caía me cansaba me resbalaba
el vértigo todavía me sobrecoge y sin embargo
la busqué palabra que tenía el dinero suficiente porque
aquella noche ya por nada cerca tenso todo pronto casi contra
arroz carne sssssssssss ah pero ya era más grande
cuántos otros seguramente muchos pero yo pude pero no pude
   pudor
Pedro perder perderla para never ever ah ya nunca
las frutas el día todos mis amiguitos en la mesa
ni más están Facultad de México a ver escriba usted
pobres pobres sin el rapto de puro platicar a ver arriba
no nadie toma pronto acaba de llegar adiós
ellos siempre como amaneciste ahora no se puede le
   buscaremos
padrino madrina salud abcd vuelta a comenzar
't would take seventeen years to replace him
years are yours oh years but how in hell hello
acaso pero de qué carajos sirve pensarlo si ya
siempre si ya aun cuando si ahora lo pensamos mejor
todavía entonces era mucho más delicioso y luego
por todas las rutas que la vida abría cómo elegir
la música verbigracia o simplemente el tango

o las matemáticas yodoformo realmente yo sé más
y pase usted voy al momento tic tac tic tac
y si no pues ya estaba escrito resignación
nada se pierde allá en los grandes laboratorios
y cuando la resurrección pero qué has hecho todos estos años
vamos a ver qué nos sirven y cómo la dejaste
pobrecita si me acuerdo me acuerdo mucho del último
o por lo menos hay que creerlo y esperarlo
al mismo tiempo que despiertas como todos los días
a fregar los suelos de las tabernas de Shanghai
o a ordeñar las vacas los arados la hoz los platos
la gimnasia el agua caliente los periódicos los camiones
las corbatas y los zapatos que se van quedando en la calle
por quince centavos de saliva con el sol cada vez más débil

II

el sueño de anoche triple cuádruple pleno plano Plinio
plinii secundi leo Leobardo Leopardi lee de cabo a rabo
de cabotaje sabotaje salvaje sálvame sargento argento agente
gente gentil genil genital genuflexa general genérico genético
frenético sin freno sin fresno sin fresco sin frasco sin asco
sintasco sintáctico sintético simétrico similibus liber libri
la pobre mujer se inventaba aventuras matutinas
que la dejaban exhausta para cuando los demás llegaban
y luego les fingía unos celos desproporcionados pero ella
ah ahora en la mañana ya nadie se lo creía
ya sabe que aquí me encuentra y hacía unos grandes
    ademanes
unos grandes alemanes unos grandes alamanes
en cuanto a la otra pobre vieja que se enfría con una negativa
y no entiende la coquetería porque toda su vida ha buscado el
amor
amor
amor

no señora es verdaderamente imposible
que usted esté satisfecha con esta vida algo le falta
si le faltaban siquiera otros tres pero ella quería decir
amor
amor
amor
como ella lo entendía lo extendía día día
una vez puede pasar porque a cualquiera le pasa a todos
les ha pasado pero cuando el llanto y el quebranto de
quererte tanto en fin yo cómo voy a entender eso ella sabrá
y todos los que hacen traducciones de Omar Kayam detective
tampoco a mi amiga la pueden acusar de enamorarse porque
yo la he visto y qué descanso cuando simplemente nos vamos
y sobre una máquina cualquiera mientras es oscura y propicia
todo es cuestión de luz más luz o menos luz licht mehr licht
aber wir alle wir zwei sind genug heute nur heute nur Goethe
es lebt die freiheit tatachún tatachún tatatatá rachún
valiente pendejada dedicarse a cubrir un siglo
el Siglo de las Luces las Rosas las Juanas y las Celias
para al fin venir a casarse con Adela y tener relaciones con
    los parnasianos
être un fou qui se croyait un fou ergo quod eram
    demonstrandum
al fin de los siglos todavía estarán royendo el pan como
enormes ratas semejante a osos que disgregan el maíz

III

la hormiga se abrazaba desesperadamente a su cruz
y les daba vuelta regularizadamente a las tumbas
llegaba hasta donde estaban aparentemente sus hermanas
ella lo conocía porque las demás traían piedras en el hígado
la casa ya tenía naturalmente tres entradas
todas las hormigas hormigueaban en todas las entradas
todas se pusieron a celebrar la llegada del cucurucho

les quedaba naturalmente el recurso de fraccionarlo
de comprarlo a perpetuidad de erigirle un monumento
de llevarle flores y los mariachis misa de tres padres
et cum spiritu tuum amante padre recuerdo de tu esposa
familia Gómez ayer a las cinco se suplica se despide
en sufragio

IV

de manera que uno nunca sabe lo que es mejor
el emperador el historiador era más grande y parecía mayor
y uno pensaba no es posible es increíble y era muy cierto
de manera que era como si uno se hubiera puesto unos
      telescopios
y se sintiera dentro de la Osa Mayor por ese solo hecho
aun cuando entendiera muy bien que al regreso
con los miles de años luz que sería necesario emplear
sobre los diecisiete acromegálicos de la ida de la Aída
la calavera se habría puesto a rumiar furiosamente chicle
a consumir interminablemente spaghetti que le
      multiplicarían las tripas
y moriría apoplético el historiador el emperador
desde luego todas estas cavilaciones eran posibles
en virtud de que tenía unos grandes brazos guardados en el
      agua
de que sus dientes eran dientes de leche
de que su leche era directamente servida al pie de la vaca
de que había sepultado sus ojos en el agua salada
de que el suyo era un abrazo de kroll
de modo que como le dije a usted uno nunca sabe
si las lechugas o la sal la sal sobre las lechugas las lechugas
      sin sal
la sal sin lechuga el puño cerrado la palma del martirio
o directamente el cianuro de mercurio

V

ah pero a veces amanecemos con el alma de opereta
y quisiéramos tener un coche de caballos blancos
blancos como las nubes que miramos pasar echados en la
  hierba verde
mientras el cielo como una encuadernación perfecta de
  tafilete
mientras nada pero se dice mientras como se acude a otra cosa
y sentimos unas grandes ganas de llorar rabiosamente
de decir muy malas palabras o de ser infinitamente dulces
si ahora que salió de la cárcel hubiéramos cumplido el deseo
de matarlo de ahogarlo de revolvernos en su sangre salada
sería bonito ver qué opinaba la gente del doble crimen
y entonces se pondrían a hurgar en los archivos
y al día siguiente ya tendrían la clave del misterioso suceso
y lo darían a conocer a sus lectores como una prueba
  fehaciente
de hasta dónde hemos llegado qué barbaridad es necesario
poner un dique a la criminalidad ambiente
desgraciadamente para las buenas familias las cosas no se
  pueden prever
y Abel y Caín seguirán matándose con una quijada de asno
pero Adán y Eva seguirán acostándose juntos todas las noches
y Moisés no podrá atribuírsele a la hija del Faraón
porque la pobre no hizo sino encontrárselo en el baño
y luego el pendejo le salió jurisprudente y legislador
y le floreció la vara y abrió el Mar Rojo
y su tribu llegó a la Tierra Prometida en que todo era claro
como una clara de huevo perfectamente clara o como la
  poesía
o como la música de Beethoven o como la gelatina
o como el agua en que se lo encontraron o como el agua
en que San Juan Bautista bautizaba a Salomé con sus lágrimas
  de cocodrilo

tan prósperas tan fecundas como todos los demás Juanes
 Nepomucenos
Evangelistas y Teotihuacanes de la última hoja del Calendario
 Azteca

VI

y a propósito todos estos ingredientes debidamente mezclados
convenientemente dosificados estérilmente tratados
 adecuadamente batidos
era natural que tocaran mis sentidos apasionadamente sentidos
y que el solferino me hiciera ver que ya le faltan muchas
 muelas
se las llevaron cuando estaba lloviendo tanto y me dio mucha
 angustia
al día siguiente claro Dios me castigó y ya me chingué ahora
 esperar
todas las tardes se repite la angustia por eso no quiero ver de
 lado
a la hora en que tu tu tu tu u u u u u ojalá que se fueran
esta mañana caminaba caminaba con la saliva de toda la
 gente
y las firmas de toda la gente que verte desea más que
 escribirte
muy señor mío querida mamá amor mío suscríbase usted
 recibí
y yo que volteaba siempre porque ya sabía la hora exacta o
 aproximada
y era posible pensar que con un poco de magnetismo se
 repitiera
como cuando los leones no tuvieron más remedio que los
 tranvías
y resultó mejor de lo que esperábamos aunque no habíamos
 comido
y todos los globos y los niños con los globos y los papás con
 los globos

en la grande carpeta de cuero con un gran surtido de países
    con saliva
en el silencio apenas interrumpido pero calientito y pronto
por qué siempre pronto pronto y luego sentimos que no
    sucedió nunca
y seguimos románticamente esperando que y luego ya ves la
    otra noche
hacía muchos años y tenías el recuerdo y resultó tan
    completamente distinto
que lo único que hiciste fue que ya dudaras del pasado
y te perdieras en un abismo de conjeturas detectivescas
claro que tampoco podías esperar pero sin embargo esperabas
esperabas disparabas comparabas comprabas
y tuviste la prueba en que no te podías levantar de la tumba
y tuvieron que venir a embalsamarte con botellas de agua
para rociar de agua la cara fatigada de los boxeadores
y el pequeño *slam* doblado y hecho de tus hijos
    contemporáneos
que ayer cumplieron un año de no ir a ningún cine
y esta mañana tomaron el avión a las seis de la mañana en
    punto

VII

primeramente se lanzaban al agua uno tras otro y salían
hasta que el Sol fue ocultándose como en todos los poemas
    bucólicos
y uno dijo que en vez de ametralladoras
bien podían inventar otro Sol que saliera a esas horas
temblaban fuera del agua llenos de rocío
el agua se quedaba mirada verde lengua ávida cuna
    estremecida
eran exactamente como cinco peces con calzoncillos azules
dotados de una fresca palabra

VIII

como la sed como el sueño como el aullido como el llanto
tu boca tus labios tus dientes tu lengua nunca supe
veía tu carne blanca blanca tus ojos verdes tu silencio
y luego nos desnudábamos y yo abría los brazos
como los muertos de un anfiteatro lado a lado juntos solos
iba a gestarse de nosotros el Universo y los siglos inmortales
que un suspiro que un pensamiento que un recuerdo pueden
    frustrar
mi pecho entonces mi corazón mis sentidos en mi pecho
tu boca tus labios tus dientes tu lengua
hasta el grito hasta el aullido hasta el llanto hasta la muerte
y ya nunca porque en mí quedó la manzana
la semilla de la manzana en mi pecho solo solo solo
atravesado y muerto por un puñal de oro dos puñales tres
    puñales
nacerán dos estrellas de tu vejez que el águila verá fijamente
a la orilla de los volcanes que te arrebataron al trópico
a la orilla de la nieve de los caballos de los trenes tardíos
de las cinco de la mañana que nos sorprendía muertos
que alumbrará tu carne sin olor ni dureza
que escuchará el grito desgarrado de mi pecho
solo sin ti sin tus palabras estúpidas sin tu silencio
sin tus dientes fríos serpiente sin tu lengua sin nada
esperándote en las arrugas envejecidas con un cigarrillo
en el olor vacío de tus lirios llenos de podredumbre
cubiertos con polvo morado.

IX

FRIDA KAHLO

[1935]

Cuando los pinceles vuelven a ser pinzas las posibilidades
    del vientre
Vulcano lleno de gasolina con un aneurisma en potencia
seres como Ceres o Ícaro con paracaídas en el Hospital
    Morelos
la organización roja de los glóbulos con el mapa de las
    terminales
puntos de partida y partido partidos a todas las partes
    parciales
correspondencia aérea tejida con una sola mano de cinco
    agujas
en el piso en el quinto piso en el canto paso en el conto peso
en el hondo pozo en el ando buzo en el indo beso
hasta que no salga de la tierra la escuela anatómica
de otro cadáver anciano hasta las mariposas de otro cadáver
    anciano
para volver a llevarse todas las ramas consigo
como un cohete como una granada como un vidrio estrellado
como una noticia como un telégrafo como la sangre
por las venas rojas y azules como los semáforos regularizados
como los sistemas de riego de riesgo de rasgo de raso de rizo
de Diego de ciego de llego de pego de niego
el color de la tierra entre algodones al pie de la cama
la langosta con el pensamiento en los cangrejos
vigilada por la policía que violó el reglamento
desde su condecoración de la Legión de Honor y los siete
    puñales
y la cabeza parlante instaló su teléfono su televisión
con ínfulas y tirabuzones a larga distancia
instalación local hacia los azahares azarosos
e instalación oculta y clima artificial hacia la terminal
de suerte que uno puede con ayuda del microscopio
leer en las líneas de la mano las constelaciones
de suerte que uno puede con ayuda del telescopio

observar cómo los colorantes revelan la existencia de las
    hormonas
asistir a una música estática elástica y sintonizarse
con la utilería del mundo llena de los trajes desechados de
    Wanamaker's
Wanamaker's y Child's han sido allí objeto de un monumento
y del puente colgante más grande del mundo
el camisón de la tehuana puesto a secar ha miado todo el
    Hudson
por donde los barcos de papel higiénico salen de vacaciones
con saludos de Christmas para Pompeya y sus productos
cuando la millonaria ha hecho que le bajen todo el almacén
y ha examinado las compañías de seguros contra la seguridad
los salones de belleza los discos de Ruddy Vallee
los cereales llenos de vitaminas las espinacas llenas de tiempo
la complicación de los subterráneos previstos en los teléfonos
en las venas en el vidrio estrellado en el vidrio ahumado del
    eclipse
observado con un microscopio desde el Empire State Building
cuyo último piso también se hizo bajar la millonaria para
    sus sobrinos.

X

FLORIDO LAUDE

[1944]

L o menos que yo puedo
     para darte las gracias porque existes
es conocer tu nombre y repetirlo.

Si brotas de la tierra,
hostil de espinas, ávida de cielo,
en vigoroso impulso
y ofreces un capullo a la caricia
leve del viento y cálida del día,
sé que abrirás a la mañana bruja
tu perfección efímera en la Rosa.

Conozco tu perfume y tu destino,
piel de doncella, hostia múltiple;
tu breve día, tu don. Miro el momento
en que brindas tu lecho nupcial a las abejas;
o el colibrí se pinta en tus colores
y desmayas tus pétalos de seda,
conchas del mar del aire en que naufraga
tu vida breve y tu perfume rosa.

Yo repito tu nombre cuando veo,
ave suntuosa y vegetal, tu nido
anclado en aquel árbol que te nutre.

Las plumas de tus pétalos, Orquídea;
el silencio en que cantan tus colores.

Y te busco en la sombra;
bajo el ala del árbol que te oculta,
en los ramos redondos
en que entonas a coro tus azules, Hortensia.

Pero también te admiro y te saludo
y repito tu nombre proletario
cuando tiendes, Mastuerzo,
tus frágiles sombrillas, tus trémulas sombrillas
disciplinadas y redondas,
en que tiembla el rocío,
y atreves la sencilla
ofrenda de tus conos amarillos
a la mano del niño que te inmola.

Y a ti, Cortina humilde
que abres al sol y cierras a la noche
tus sueños de trocarte en Bugambilia;
y a ti, que en el violento
grito de tu amarillo
ostentas en colores, Mercadela,
el perfume negado a tu pobreza.

Y contemplo tu rostro, Margarita,
tu cuello almidonado e impecable,
tu uniforme escolar para la fiesta,
tu faz redonda, ingenua.

Saludo a tus hermanas mayores en las Cinnias
que aprendieron ya el arte de maquillarse;
que copiaron su labio pintado a la Petunia
mientras tiende su beso
y asoma su coqueta esbeltez entre las turbas
del Cielo raso que la rapta.

Miro cómo el Acanto
lanza la espiga erecta de sus torres
y cómo los Delfinios
yerguen, música azul, sus campanarios.

¿Qué licor impalpable
brindan, alto Alcatraz, tus copas blancas?
¿Qué cielo multiplicas, Agapando,
cuando rindes la nuez de tu universo
desde el brazo tendido de tu tallo?

Te miro, Platanillo,
cresta airosa de un gallo de alas verdes;
tan lleno de familia
que no has podido ser una Gladiola,
y te resignas a tu sino
del pariente más pobre de esa rica
dueña de tiendas, celofán y lazos.

Cerca está la Retama;
sus largos alfileres
capturan mariposas menudas y amarillas.
El polen de sus alas prisioneras
cuelga en uvas minúsculas la Mimosa vecina.

Lo menos que yo puedo
para darte las gracias porque existes
oh flor, milagro múltiple;
es conocer tu nombre y repetirlo.

Danza el Geranio inmóvil sus enaguas gitanas
en tiesto humilde.
Cuando llegue el invierno;
cuando duerman las Dalias su gestación de piedra;
cuando nieven los Lirios su cándido capullo;
cuando la Nochebuena despliegue sus estrellas,
vestirán las Azáleas trajes de bailarina,
faldas de leves tules y lánguidos pistilos.
Serán tu aristocracia, Geranio, las Azáleas.

Yo te miro trepar, flor eminente;
Gloria o Jazmín, o Plúmbago, que entregas
tu fino ramo pálido al viandante;
te miro, Bugambilia,
anidar la morada de los hombres
cual si los invitaras a ser pájaros;
te miro, Llamarada,
ungir de sol el muro y las ventanas;
y si un perfume de niñez me invade
y condensa la tarde en su dulzura,
sé que tú has de estar cerca, Madreselva.

Te admiro dura y rara, hostil y gloriosa,
seca y amarga y vívida
como la recia planta que decoras
cuando estallas tu rojo en la Biznaga
que coronas minúscula de estrellas;
cuando del Nopalillo que serpea
entre rocas de lava congelada,
brotas como una estrella de alabastro
o sangras como herida de la piedra.

No me olvides, me grita el Nomeolvides
que recoge virutas siderales
en el prado en que juegan las Juanitas
y cuidan engolados Pensamientos;
en el alegre prado
en que embisten la clara pirotecnia
de su organdí corriente, los Perritos;
en que los Alhelíes,
ebrios de aroma, pintan su sonrisa
roja, blanca y morada
y donde las Violetas,
como cuadra a su fama,
doblan el cuello y hurtan su modestia.

142

Y yo te miro, flor, tender el vuelo
y posarte en los árboles; te miro
arder en la pasión del Flamboyán
que incendia el día de Mérida.

Y cubrir con tu velo de crepúsculo triste
la Jacaranda de Guadalajara
que inmola alfombras tenues a los pasos románticos.

Te miro, Flor de mayo, Jacalasúchil,
redimir la pobreza de tus troncos
con una geometría perfumada y perfecta;
te miro, Cempasúchil,
flor de los muertos y de los pobres,
enriquecer y resucitar a mi raza.

Y te aspiro, Gardenia,
Jazmín, Huele de Noche, Estrella de Día;
Heliotropo, Azucena, Nardo;
porque eres forma, color y perfume;
porque eres, flor, la esencia de la vida,
la juventud del mundo, la belleza del aire,
la música cifrada del orbe;
porque eres frágil, breve, delicada,
y corres a la muerte que te inmola y consagra, y eterniza.

Lo menos que yo puedo
para darte las gracias porque existes;
para alabar a Dios que te ha creado,
¡oh, flor, milagro múltiple!
es conocer tu nombre y repetirlo
en una letanía de colores
y en una sinfonía de perfumes.

XI

DECIMOS: "NUESTRA TIERRA"

[1949]

Decimos: "Nuestra tierra",
        como pueden decirlo los árboles que un día
fueron una semilla llevada por el viento
al seno oscuro y dulce,
al seno silencioso,
a la germinación humilde,
a la gota del agua, a la caricia
del sol; como los árboles
que años después tendieron su brazo a la aventura,
su arrullo al nido, su saludo al día,
sus hojas a los cielos y su fruto a los hombres.
Decimos: "Nuestra tierra",
porque en ella se afirman nuestras hondas raíces.

Nuestra tierra es la infancia
para siempre grabada en el recuerdo.
La que nos dio palabras y sonrisas
para el viaje del mundo;
la que nos hizo conocer la aurora
como al alcance de la tierna mano,
sobre el monte vecino;
la que encendió la estrella de la tarde
a contemplar los juegos infantiles
y el regreso al hogar de los silencios;
la que en la noche limpia,
en la noche profunda,
puso en el corazón, ya para siempre,
cantar de grillos y fulgor de estrellas.

No es la ciudad, la anónima, la enorme;
la que llena de gritos la ambición de la máquina;
de la que huyeron árboles y pájaros;
la que cierra los ojos a la Luna;

la que hacina a los hombres, los iguala, los frustra;
la que el reloj preside con su látigo doble.

No es la ciudad; la prisa, la congoja,
la luz mentida, el día tenebroso,
el oro oculto, el fruto embalsamado,
la poesía en las rejas de los libros,
el agua muda y ciega, y opresa y derrotada,
ya no río, ni lago, ni lluvia, ni caricia, ni espejo.

No es ésta, nuestra tierra
donde la tierra ha sido sepultada,
desterrada, olvidada
y cubierta con mármoles de asfalto.

"Nuestra tierra", decimos, y pensamos
en la dulce provincia, y nuestras venas
se llenan con el jugo violento del recuerdo.
Es la provincia. Mírala, viajero:
desde el avión, si quieres. El avión no la toca.
Se mira allá, como una flor caída, de pétalos
    dispersos.
Los dedos de su iglesia te señalan
y los techos recatan las cunas y los sueños.

Ése era todo el mundo:
su sol el sol sobre los muros blancos;
su mar el río claro, su música las aves,
su misterio la noche perforada de estrellas,
su muerte el cementerio vecino, donde acaso
nuestros padres rindieron su tierra a nuestra tierra.
La primera palabra, el primer paso,
la primera sonrisa;
tender la mano y recibir la mano;
hundir las manos en la dulce tierra,
recibir el bautismo de su río,

morder el fruto, perseguir el viento,
vivir en libertad, lleno del gozo
de descubrir el mundo a cada instante.

El hogar, con arcilla levantado;
la escuela en que aprendimos
a entonar nuestras voces en el múltiple coro
ya para siempre; en que aprendimos
a formar con las manos la ronda de los hombres
y a llamarnos amigos por decirnos hermanos.

La iglesia humilde, su campana clara,
la comunión en lengua sin pecado,
la plaza dominguera y bulliciosa,
la serenata tibia, la cómplice sonrisa,
el saludo, la carta, la esperanza.
Y ¡quedarse, provincia, en tu regazo!
Y tras las altas rejas de una abierta ventana
¡concertar una cita con la vida
en idilio romántico!

Has sido tú, provincia generosa,
quien dio rostro a la patria con el suyo;
quien dispersó a los hombres,
madre fecunda, a trabajar por ella;
a engrandecerla al repetir tu canto,
a decir tu palabra y tu sonrisa.

Mérida o Guanajuato, Mazatlán o Saltillo,
Torreón o Puebla,
o Morelia, o Querétaro,
por dondequiera el corazón que guarda
tu imagen, tu latido, tu perfume,
vuelve a hallarse en tu clima,
reza en tus templos, vibra en tus campanas,
reconoce el amor de tus ventanas,

sueña en tus noches plácidas,
vaga en tus calles recobrada infancia
y halla en el rostro amigo
y en la sonrisa clara
al hermano que aguarda a sus hermanos.

Madre común y santa;
decimos: "Nuestra tierra",
porque ella nutre al árbol de la patria.

XII

MEA CULPA

[1969]

Desde su gestación en la grávida tierra
yo pude contemplar, maravillado,
iniciar, reanudarse
una vida a la mía confiada:
el milagroso germinar de la semilla,
la nueva luz, en ojos
que en mí se abrieron a absorber el mundo
oscurecido mil veces antes
sobre los que cerró una muerte siempre vencida.

Pude después paliar el primer llanto,
acariciar el fruto, adivinar el sueño
plácido de la cuna
mecida por los siglos del mar que la sustenta:
que le infunde y tributa
coral inmóvil y ágiles peces de plata;
bautismo de la sal en su sonrisa,
caracolas de nácar a su oído.

Pude en él renacer —alba y rocío;
contemplarme a mí mismo
—Narciso y Dios frente a su propio barro ennoblecido—
asomar a la vida
curiosidad, asombro y esperanza,
mi timidez trocada
en su audacia sin anclas:
mis manos en las suyas
cortar la flor del mundo y apurar su perfume:
envejecer a tiempo de ser de nuevo joven,
ser a la vez capullo y mariposa.

Yo recibí legado,
eslabón y simiente
a eternizar la vida destinado:

pasos que proseguir sin detenerse
por los montes del Tiempo delegado:
tesoros qué entregar, antorcha
con qué alumbrar la tierra, el mar, el aire:
llama para incendiar crepúsculos y auroras.

Pero heme aquí, ya al borde,
a la orilla del Tiempo y la ceniza,
eco sin voz, con ella desgarrada;
depósito de siglos en derrota,
muerte triunfal en árido balance,
consumada traición, desistimiento
del Divino Mandato
que urdió en amor el río de mis venas
secas hoy —por mi culpa— para siempre.

XIII

ADÁN DESNUDO

[1969]

Sí, seguimos en pie, mas como el polvo
erecto en las estatuas: conservado
en la sal que nos cubre y petrifica:
huecos, como la voz en las cavernas:
sujetos por los cíngulos del Tiempo,
vendados en los círculos del Tiempo,
cautivos en los muros
que uno tras otro alzaron
para construir su mundo hereditario
los hombres que abdicaron sus potencias:
que huyeron temerosos
de selva y mar para encerrarse en claustros:
a divorciar sus lenguas en países,
a congregar su miedo en las ciudades,
aislarse en casas y cerrarse puertas;
acoger en los templos su vanidad de dioses,
humillarse en palacios;
a guarecer en cuartos jactancia y cobardía
amarse tristemente en las alcobas,
sobrevivir en plúteos, en archivos,
en ataúd, en tumba y monumento.

En siglos fue forjada
la cadena perpetua que nos ata.
Así las momias, los santos, los héroes,
los padres, los beneméritos, los apóstoles,
los maestros, los sabios,
los códigos, los lábaros,
el sacrosanto hogar,
el deber, el honor, el sacrificio,
la condecoración, el título, el diploma,
escapulario y hierro del esclavo.

Y de pronto,
luz de alborada ciega, violenta, nuestros ojos.
Nuevos Adanes muerden con dientes firmes manzanas sin
   pecado;
hienden sus brazos fuertes el cristal de los ríos,
derriban muros, puertas, nichos.
fronteras;
surgen por todos los horizontes
en busca de sí mismos,
recreados sin asombro en sus propias imágenes;
se reconocen, danzan,
gritos de júbilo vibran en sus gargantas nuevas;
no hay pasado que abrume sus espaldas;
no hay uniforme que amolde, que amortaje sus cuerpos;
no hay temor ni doctrina que les unza
a una continuidad interrumpida.

La vieja herencia a gotas decantada:
nuestras viejas palabras,
la lengua carcomida,
la estrecha celda que para ellos construimos
y a que intentamos reducirlos,
no les bastan, ni sirven, ni contienen, ni expresan.

El mundo es solo suyo.
El que ellos reconquistan:
aquel que no supimos nosotros que era nuestro
y trocamos por este que ellos ahora derrumban.

Un mundo sin fronteras, ni razas, ni ciudades:
sin banderas, ni templos. ni palacios, ni estatuas.
Un mundo sin prisiones ni cadenas.
un mundo sin pasado ni futuro.
El mundo no previsto
por los hombres cautivos en las criptas del nuestro;
soñado acaso, presentido apenas
por el desnudo Adán del Paraíso.

XIV
SONETOS

SONETO

Unge el Tiempo con mano generosa
   toda virtud: la acendra y la depura.
Asciende al Sol, desde su entraña oscura,
la oración perfumada de la Rosa.

Toda virtud, el Tiempo la madura.
Forja el tronco robusto, de la airosa
juventud de la planta. Silenciosa,
es la más vieja la amistad más pura.

Añeja el Tiempo el odre en que asegura
la cosecha de ayer, y la preciosa
madurez que se alcanza sin premura.

Sólo el Tiempo ennoblece. ¡Gloriosa
la vida que lo abreva en la dulzura
de una amistad antigua y venturosa!

1955

Un año más sus pasos apresura;
un año más nos une y nos separa;
un año más su término declara
y un año más sus límites augura.

Un año más diluye su amargura;
un año más sus dones nos depara;
un año más, que con justicia avara
meció una cuna, abrió una sepultura.

¡Oh, dulce amigo, cuya mano clara
en cifra de cariño y de ternura
la mía tantas veces estrechara!

Un año más el vínculo asegura
de su noble amistad, alta y preclara.
¡Dios se lo otorgue lleno de ventura!

1956

Detrás del muro blanco de los días
calla el Misterio. Pródigas, las horas
nos llevan de la mano a las auroras
de sus sorpresas y sus alegrías.

Días, horas, auroras y alegrías
llenen de dicha, pródigas, las horas
de un Año Nuevo tal, que sus auroras
renueven la ventura de sus días.

Cuente el reloj la dicha de las horas
que palpitan al ritmo de los días
luminosos de espléndidas auroras.

Y pruebe con los suyos alegrías
que hagan volar los años como horas
y transcurrir los años como días.

1957

Mayo nos dio corolas asombradas,
su fuego Julio; y en Agosto hubimos
la exaltación sorbida en los racimos
de sus uvas azules y doradas.

Crepúsculos Octubre en llamaradas
espiga coronó frutos opimos.
Y en la sien de Noviembre percibimos
un augurio de nieves angustiadas.

Vientre de sal, Diciembre nos depura
grávido ya de nueva Primavera
germinada en el yermo de su albura.

La vida así reanuda y persevera.
¡Que el Cielo nos otorgue la ventura
de gozarla pletórica y entera!

1958

¿Cuántos veremos más, soles ardientes
nuestras horas regir, y hacia un ocaso
—¡tan parecido al alba!— nuestro paso
llevar a cuántas más noches silentes?

¿Acaso nos reserva sus presentes
mejores el futuro? ¿Cuáles brazos
aguardarán los nuestros —dulces lazos,
reposo al fin, o dádivas fervientes?

El alma que interroga y adivina
lo sabe bien: el astro que florece
en ceniza de pétalos germina.

Añora. Espera. Apenas la estremece
el milagro de un año que termina
y el prodigio de un día que amanece.

1959

Llama el invierno, tímido si puro,
muda voz de cristal, lágrima dura,
y hace temblar la llama que perdura.
visible apenas en el monte oscuro.

Abrámosle la puerta. Halle el seguro
tibio recinto, dulce en la ventura
de la mano tendida en que madura
la semilla del Tiempo su conjuro.

Llegue a nosotros tímido y discreto.
Hablen sus nieves el lenguaje mudo
con que viene a confiarnos su secreto.

Ya nace un año más —niño desnudo.
Que los catorce versos del soneto
vistan su cuerpo y sírvale de escudo.

1960

Gota a gota acendró —hiel y ambrosía—
su vino el Tiempo. Trémula sorpresa
depara al labio férvido que besa
—crátera de oro— milagroso día.

Espumas elevó con alegría
embriagador minuto de belleza.
Apuramos, extinta su pavesa,
la desazón de la melancolía.

Áurea cadena a luz que nos convoca;
hierro que así retiene como entrega;
hélice y ancla, nuestra mano toca

—cifra en que la esperanza se delega—
asidos como el náufrago a la roca,
luminoso rosario en el que llega.

1961

Gracias, Señor, porque me diste un año
en que abrir a tu luz mis ojos ciegos;
gracias porque la fragua de tus fuegos
templó en acero el corazón de estaño.

Gracias por la ventura y por el daño,
por la espina y la flor; porque tus ruegos
redujeron mis pasos andariegos
a la dulce quietud de tu rebaño.

Porque en mí floreció tu primavera;
porque tu otoño maduró mi espiga
que el invierno guarece y atempera.

Y porque entre tus dones, me bendiga
—compendio de tu amor— la duradera
felicidad de una sonrisa amiga.

De pulcra rosa pétalo vencido:
  onda en el mar del Tiempo sin arena;
caricia, sed, espuma, gloria, pena;
breve fulgor del astro presentido.

Día fugaz apenas poseído
que forja y bruñe grávida cadena;
triunfo que en la memoria se enajena
posesión del recuerdo en el olvido.

Polvo, ceniza; fuego consumido
en luz trocado fúlgida, serena;
náufrago a rocas húmedas asido.

Año: tesoro, cripta, cuna, vena;
de cuantos dones hayas, solo pido
la mano amiga, de ternura llena.

Rosa del aire, pétalo vencido;
ronda en el mar del Tiempo sin arena;
caricia, sed, espuma, gloria, pena;
breve fulgor del astro presentido.

Día fugaz apenas poseído,
que forja y bruñe grávida cadena;
triunfo que en la memoria se enajena,
posesión del recuerdo en el olvido.

Polvo, ceniza; fuego consumido
en luz trocado fúlgida, serena;
náufrago a rocas húmedas asido.

Año: tesoro, cripta, cuna, vena;
de cuantos dones hayas, solo pido
la mano amiga, de ternura llena.

1963

De cuál oscuro océano, la gota
—lágrima al fin— de sal apasionada
en voz, en luz, en hálito mudada,
me delegó su triunfo —o su derrota?

¿Hasta cuál rendiré —ribera ignota—
este grano de arena iluminada;
o qué raíz, a mi raíz atada,
redimirá mi savia seca y rota?

Mi ayer os doy: mis siglos conjugados,
anhelo mineral, sangre vertida
en débil cauce; días deshojados.

Tregua, cruce, milagro: presentida
fulguración de signos enlazados
por el instante que duró la vida.

1964

En la cárcel de ayer, de que me evado
a la muerta distancia del olvido;
con polvo, en el sendero recogido;
con astillas, del tiempo desgajado;

con el canto y la flor, apasionado,
su perfume en el viento fallecido;
con atisbos del sueño desistido,
con arenas del mar nunca surcado;

con hilo azul de siglos que deniego
—briznas del oro oculto entre la escoria
de la espiga que yérguese, y que siego—;

con voz en que naufraga la memoria,
urdo un soneto más, que al aire entrego
por ver si alcanza, en tu mirada, gloria.

1965

Tesoro concedido gota a gota:
el perfume a la flor, la luz a una
sorprendida mirada que la cuna
sombra, siglos incógnitos derrota.

Férvido manantial, la vida brota
dilapidada en horas su fortuna:
fulge la noche lágrima de luna,
se contiene la música en la nota.

Uno —de sus amargas azucenas—
al aire cae, pétalo contrito
que el Tiempo arrastra en húmedas arenas.

A la Esperanza yérgase marchito.
Y el corazón fertilizado en penas,
cobre el silencio validez de grito.

1966

S urco rotura nuevo mi corteza
dura de inviernos y de cicatrices;
avanzan más profundas mis raíces
a sorber a la tierra fortaleza.

Despojada de flores y maleza,
quemen mis hojas áridos tapices
y crepiten —o tristes o felices—
lograda en la ceniza su pureza.

Savia de ayer, que el canto convocara;
frutos en que la vida se delega,
sombra asomada a la mañana clara,

mientras el mundo su cosecha siega,
el viento arranque de mi cima avara
la hoja —soneto— que mi amor entrega.

1967

En palabras aroma contenida
a vuestros ojos llegue flor y canto
que en la pradera de los meses planto
—collar de la amistad— rosa encendida.

Sobre la primavera fenecida
tiende el invierno rigoroso manto.
Pastor, el paso débil adelanto
que el hato de los años intimida.

Una luz ya cercana me convida
a descansar. Rocío de mi llanto
ceda a la rosa sangre de mi herida.

Habré de enmudecer; pero entretanto,
mientras el silencio agobie mi partida,
a vuestros ojos llegue flor y canto.

1968

En las catorce redes del soneto,
año tras año, penas y alegrías
urdí, con hilo tenue de los días,
a su apagado sístole sujeto.

A gotas decantado su secreto,
en arcas encerráronse vacías
esperanzas, anhelos, cobardías
—signo precario, mínimo amuleto.

Clama el Invierno con sus voces frías
a las puertas del mundo en que vegeto
palabras erigidas en vigías.

Haga mi corazón mutis discreto
y vuelva al mar tristezas y porfías
en las catorce redes del soneto.

Los catorce peldaños del Soneto
¿reincidiré en treparlos? A la cima
¿de nuevo llevaré la fácil rima
de un año más, a fórmula sujeto?

Clamó mi corazón mutis discreto:
mas no las flores; en cosecha opima,
las guarezca el invierno. y las redima
si primavera estalla su secreto.

En amistad nacieron. El impulso
de estrechar una mano, fue el objeto
de los sonetos que trazó mi pulso.

Mientras palpite el corazón inquieto,
ascenderá mi paso, ya convulso,
los catorce peldaños del Soneto.

Esta vez, caro amigo, mi saludo
de Navidad y para el Año Nuevo
que en humildad hasta su puerta llevo,
inicio apenas, terminarlo dudo.

Mi invalidez en procurarlo escudo;
con intentarlo, la esperanza elevo
que de aferrarme a perdurar atrevo
frente a la vida, de palabras mudo.

Dos veces —ya temida, ya esperada—
asomó su guadaña y su esqueleto
la silenciosa Muerte malograda.

Y difirió confiarme su secreto
porque dieran mi adiós —y mi alborada
las sílabas finales del soneto.

1971

De las catorce rejas fugitivo
    en soneto que el año nos clausura:
frente a uno más, atrevo la ternura
con que distancia y soledad derribo.

Al amigo, salud. Gócese vivo:
mil soles iluminen su ventura
y disfrute el placer de la lectura
(sobre todo, leyendo cuanto escribo).

Año Nuevo le colme de alegría;
desfrunza ceño, muéstrese galante;
únase a general algarabía.

Depárame propicia consonante
frase que —sursum corda!— hoy hago mía:
"¡Compañeros! ¡Arriba y adelante!"

ÍNDICE

I

Poemas de adolescencia

A Xavier Villaurrutia 9
Oración 10
La campana 11
Llevo el alma 12
La tía 13
Anhelo 14
Poema cobarde 15
Noche 16
Esta 17
La parábola del hermano 18
El retorno 19
Ofrenda (Homenaje a los Niños Héroes) . . . 20
Corazón 21
Mi vida es como un lago 22
Viaje 23
Paisaje 24
Mapas 25
La amada única 26

II

XX poemas

Viaje 31
La renovación imposible 32
Momento musical 33
Charcos 34
Cine 35
Sol 37

Almanaque 38
Cementerio 40
Pueblo 41
Primera cana 42
Naufragio 43
Aritmética 44
Ciudad 45
Noche 46
Resúmenes 48
Hanon 50
El mar 51
Himno del dolor convergente 54
Temprano 56
Diluvio 57

III

ESPEJO

Retrato de niño 61
La geografía 62
La historia 63
Epifania 64
Primera comunión 65
Botánica 66
Las ciudades 67
La escuela 68
Libro de lectura 69
El primer odio 70
El amigo ido 71
Palabras extrañas 72
La poesía 73
Retrato de familia 74
Amor 75
El viaje 76

X. V. 77
F. R. 78
Suicidio 79
La ciudad 80

IV

Nuevo amor

La renovada muerte de la noche 83
Tu, yo mismo, seco como un viento derrotado . . . 84
Este perfume intenso de tu carne 85
Junto a tu cuerpo totalmente entregado al mío . . 86
Hoy no lució la estrella de tus ojos 87
Al poema confío la pena de perderte 88
Glosa incompleta en tres tiempos sobre un tema de amor 89
Poema interrumpido 91
Poema 92
Breve romance de ausencia 93
Elegía 94

V

Seamen rhymes

Las olas en su danza, cogidas de las manos 99

VI

Romance de Angelillo y Adela

Ella venía de México 105

VII

Poemas proletarios

Del pasado remoto 109
Cruz, el gañán 116
Gaspar, el cadete 117
Roberto, el subteniente 119
Bernardo, el soldado 120

VIII

Never ever

Never ever clever lever sever ah la rima 123

IX

Frida Kahlo

Cuando los pinceles vuelven a ser pinzas 135

X

Florido laude

Lo menos que yo puedo 139

XI

Decimos: "Nuestra tierra"

Decimos: "Nuestra tierra" 147

XII

Mea culpa

Desde su gestación en la grávida tierra 153

XIII

Adán desnudo

Si, seguimos en pie; mas como el polvo 157

XIV

Sonetos

Soneto	161
1955	162
1956	163
1957	164
1958	165
1959	166
1960	167
1961	168
1962	169
1962	170
1963	171
1964	172
1965	173
1966	174
1967	175
1968	176
1969	177
1970	178
1971	179

Este libro fue impreso y encuader-
nado en empresas del grupo Fondo
de Cultura Económica. Se terminó
de imprimir el **19 de Enero** de
1984 en los talleres de Lito Ediciones Olimpia, Sevilla 109, 03300
México, D. F. Se encuadernó en Encuadernación Progreso, Municipio
Libre 188, 03300 México, D. F. El
tiro fue de **50** mil ejemplares.

Diseño y fotografía de la portada:
Rafael López Castro.

LECTURAS fce sep MEXICANAS

1
CARLOS FUENTES

La muerte de Artemio Cruz

●

2
JUAN RULFO

El Llano en llamas

●

3
MIGUEL LEÓN-PORTILLA

Los antiguos mexicanos

a través de sus crónicas y cantares

●

4
OCTAVIO PAZ

Libertad bajo palabra

●

5
RODOLFO USIGLI

El gesticulador

y otras obras de teatro

6
ROSARIO CASTELLANOS

Balún Canán

●

7
FERNANDO BENÍTEZ

La ruta de Hernán Cortés

●

8
RAMÓN LÓPEZ VELARDE

La Suave Patria

y otros poemas

●

9
EDMUNDO VALADÉS

La muerte tiene permiso

●

10
ALFONSO CASO

El pueblo del Sol

●

11
JOSÉ VASCONCELOS

Ulises criollo

Primera parte

12
JOSÉ VASCONCELOS
Ulises criollo
Segunda parte
•
13
JOSÉ GOROSTIZA
Muerte sin fin
y otros poemas
•
14
ALFONSO REYES
Visión
de Anáhuac
y otros ensayos

15
AGUSTÍN YÁÑEZ
La tierra
pródiga
•
16
GUTIERRE TIBÓN
El ombligo como
centro erótico
•
17
JULIO TORRI
De fusilamientos
y otras narraciones

18
CHARLES BRASSEUR
Viaje por el istmo
de Tehuantepec
1859-1860
•
19
SALVADOR NOVO
Nuevo amor
y otras poesías
•
20
SALVADOR TOSCANO
Cuauhtémoc
•
21
JUAN DE LA CABADA
María La Voz
y otras historias
•
22
CARLOS PELLICER
Hora de Junio y
Práctica de vuelo
•
23
MARIANO AZUELA
Mala yerba y
Esa sangre

24
EMILIO CARBALLIDO

Rosalba
y los Llaveros
y otras obras de teatro

•

25

Popol Vuh

•

26
VICENTE T. MENDOZA

Lírica infantil
de México